Lenka Kerler
Die Unterirdischen Seen

AF190626

Lenka Kerler

Die Unterirdischen Seen

Roman

FSC
www.fsc.org
MIX
Papier aus ver-
antwortungsvollen
Quellen
Paper from
responsible sources
FSC® C105338

Bibliografische Information der Deutschen Nationalbibliothek:
Die Deutsche Nationalbibliothek verzeichnet diese Publikation in
der Deutschen Nationalbibliografie; detaillierte bibliografische
Daten sind im Internet über dnb.dnb.de abrufbar.

Texte: © 2025 Lenka Kerler
Umschlaggestaltung: © 2025 Lenka Kerler
Lektorat: Dr. Lena F. Schraml

Verlag: BoD · Books on Demand GmbH, Überseering 33,
22297 Hamburg, bod@bod.de

Druck: Libri Plureos GmbH, Friedensallee 273, 22763 Hamburg

ISBN: 978-3-7693-5095-1

Kontakt:
Dr. Lena F. Schraml
Postfach 11 01 34
93014 Regensburg
kontakt@lenafschraml
Mehr Texte unter www.lenafschraml.com

Wer sucht,
findet nicht,
aber wer nicht sucht,
wird gefunden.

Franz Kafka

Kto szuka,
nie znajduje,
lecz kto nie szuka,
zostanie znaleziony.

Franz Kafka

Inhalt

Prolog

Alles begann in dieser Stadt.

Hier hatte ich schon hunderte von Leben gelebt. Immer wieder von vorn angefangen, dazu und nichts gelernt, Fehler gemacht, geliebt, gelitten.

Jedes Leben eine neue Chance.

Eine Chance auf was? Aus den eigenen Fehlern zu lernen, gut zu handeln, ein guter Mensch zu sein? Auszubrechen aus dem ewigen Kreislauf? Es hinüber ans andere Ende zu schaffen?

Vielleicht, vielleicht nicht.

Immer wieder hatte mich das Leben in diese Stadt zurückgeführt. Die letzten Leben waren die Hölle. Verworrene Bilder tauchen in meinen Träumen auf – sie bieten Einblicke in ein Gruselkabinett.

Als das jetzige Leben mich aus dem Bauch meiner Mutter rief, legte ich mich quer. Kein Wunder. Wieso diese wohligwarme Höhle verlassen, wenn ich hier doch alles hatte?

Doch es rief mich unerbittlich, und die Menschen dort draußen hatten beschlossen, mir die Wahl zu nehmen. Vielleicht hatten sie auch eine Vorahnung, wie wichtig dieses Leben für mich werden sollte.

Vielleicht, vielleicht aber auch nicht.

Nun ist es in dieser Stadt nicht leicht, dem für dich bestimmten Weg zu folgen. Zu viel Ablenkung begegnete mir, und schon sehr früh vernahm ich jene Stimmen, die mich immer wieder vom Weg abbrachten. Sirenen, die mich riefen, bis ich an ihrem Felsen zerschellte. Am Meeresboden in tausend Teilen schwimmend, hatte ich die Wahl, aufzugeben und mich davontreiben zu lassen – oder alles daran zu setzen, wieder auf meine Spur zurückzukehren.

Dies ist eine Geschichte, die sich lange in mir zusammenbraute. Nun muss sie an die Oberfläche, nun muss sie erzählt werden.

Sie entspringt meiner Wahrheit und ist daher nicht fiktiv. Allerdings garantiere ich nicht für die Echtheit der Erinnerungen, sie verschwimmen in mir mit Träumen, Wünschen, Hoffnungen. Ich bin alt, mein Gedächtnis lückenhaft.

Manches bleibt sowieso besser verborgen.

Warum fürchte ich mich, diese Geschichte niederzuschreiben? Was wird mir begegnen, wenn ich es endlich wage?

Ist es eine Geschichte, die aufgeschrieben werden *muss*?

Ich glaube schon.

Ist es eine Geschichte, die aufgeschrieben werden *kann*?

Das wird sich zeigen.

Viele haben es versucht, oft erfolglos. Für bestimmte Dinge gibt es keine Worte.

Die meisten verschwanden spurlos, und niemand weiß, was mit ihnen geschah. Niemand spricht darüber.

Diejenigen, die zurückfanden, waren für immer verändert, sie sprachen nur noch wenig, drückten sich in Rätseln aus.

Diese Geschichte zu erzählen, ist nicht leicht. Eine Geschichte benötigt einen Anfang und ein Ende, und ich bin mir nicht sicher, wo diese liegen, ob sie überhaupt existieren.

Wann genau begann, was ich erzählen will? Was geschah derweil, und wie erzähle ich ein Ende, das noch vor mir liegt?

Im Nachhinein ergibt alles Sinn, im Moment selbst oft noch nicht. Ich versuche mein Bestes, meine Erlebnisse zu erzählen, ohne zu viel aus dem Jetzt hineinzuinterpretieren.

Das Gedächtnis wirft mir Erinnerungsbilder wahllos hin, es bleibt an mir, sie zu ordnen, auszuwählen – oder beiseitezulegen. So aufrichtig wie möglich berücksichtige ich alle Ereignisse, die wichtig für die Geschichte, aber auch unwichtig sind, auch wenn ich mich dadurch eine schlechte Erzählerin heißen mag. Vielleicht aber werden jene Begebenheiten, die heute noch nichtig erscheinen, später für mich oder Sie eine tragende Rolle spielen?

Nun aber genug der Vorrede. Was wir in den folgenden Kapiteln erfahren, wird nicht einfacher, je mehr wir um den heißen Brei herumreden, jedes überflüssige Wort gilt es zu vermeiden, um die wirklich wichtigen herauszuschälen. Das, was nun folgt, ist nichts für zarte Gemüter, und doch – ihr werdet es am besten verstehen.

So möge es also beginnen.

Hereinspaziert und willkommen zu einer Reise unter die Erde und Haut: Dies ist die Geschichte meiner Suche nach den Unterirdischen Seen.

Erwachend

Die Stadt schlief noch.

Wie eine leichte Sommerdecke lag der Dunst über ihr, nur die höchsten Gebäude ragten heraus und blickten von oben herab auf die watteartige Schicht aus Träumen.

Die Gestalten, die vor dem Morgengrauen schattengleich durch die Straßen huschten, waren einsame, gehetzte Figuren, geheimnisvollen Geschäften nachgehend, für die der Dunstvorhang als passende Kulisse diente.

Tagsüber, vor allem für Gäste, hatte sich die Stadt herausgeputzt: Die Straßen, auf denen diese unterwegs waren, strahlten mit ihren frisch gestrichenen Häuserfassaden und den neuen Steinen ihres Pflasters. Besucher gingen ein paar Mal die Prachtstraße hinauf und hinunter und stiegen dann am soeben fertiggestellten, futuristisch aussehenden Bahnhof in ihren Bus, der sie in nur wenigen Stunden in eine der anderen, beliebteren Städte brachte.

Gegen Abend, wenn die vor Neugier und Gleichgültigkeit erfüllten Blicke sie verlassen hatten, atmete die Stadt erleichtert auf. Niemand blieb freiwillig länger in ihr, außer ein paar nostalgieerfüllte, ehemalige Erasmusstudenten, die betrunken all die Orte abklapperten, an die sie sich noch erinnerten, um dann staunend festzustellen, dass alles noch wie damals oder eben ganz anders war.

Sie atmete auf. Erleichtert konnte sie wieder sein, wie sie nun mal war. Etwas Putz bröckelte von den Fassaden der schicken Häuser der Langen Straße; diese war das schicke Kleid, das sie früher nur sonntags angezogen hatte, jetzt aber jeden Tag. Ein paar andere hatte sie noch als Reserve, ihre wahren Lieblinge jedoch lagen etwas abseits. Es waren diese die vielgetragenen, aber gemütlichen, diejenigen, die nach außen oft schäbig aussahen, deren Innerstes ihr aber am Herzen lag, an das sie die schönsten Erinnerungen hatte.

Das war sie, die sie so lange unterschätzt und ausgelacht worden war, für ihren funktionellen, mechanischen Charakter, für ihre Raucherlunge, ihre vielen Kamine, ihre Bewohner, ihren Ehrgeiz. Auch für ihre Jugend war sie verlacht worden, und jahrelang hatte sie sich unter dem Gelächter verbogen, gebeugt, mit gesenktem Blick und Kopf. Doch sie hatte gelernt, dass sie nichts dafür konnte, wie sie nun mal war, sie hatte gelernt, dass sie dazu stehen oder untergehen musste.

Also war sie aufgestanden, hatte ihre verrußten Kleider ausgeklopft, etwas Gymnastik für den Rücken gemacht, eine gerade Haltung angenommen und den anderen Städten entschlossen in die Augen gesehen.

Sie war mächtig und groß, schön und hässlich, mystisch und voller Tiefe.

Die Geschichten, die sie in sich barg, begründeten ihre Seele, und nur wenige Menschen hatten diese bis heute gesehen – sehen dürfen. Menschen, die sie so sahen, wie sie wirklich war.

Einer dieser Menschen war ich.

endlos

endlose straße
sie soll nie enden
wie meine liebe zu dir
die lieder in meinem kopf
das grau deiner wände

EINS

Ich merke ihr an, wie gern sie mich abweisen würde. Ich spüre ihr gebrochenes Herz, denn es ist auch meines.

Ich stelle mir vor, wie sie mir wortlos die Tür vor der Nase zuschlägt, wie sie mich schubst, ich falle rückwärts die Stufen hinunter und breche mir das Genick. Oder sie erkennt mich nicht mehr und glaubt mir kein Wort. Hält mich für eine Betrügerin. Alle diese Möglichkeiten erscheinen mir gleichzeitig vor Augen, meine Fantasie ist wunderbar und rücksichtslos grausam.

Doch F. scheint weniger nachtragend als mein Kopf zu sein, und das, was meine Ohren vernehmen, holt mich in die Wirklichkeit zurück.

Ich stehe vor der Haustür von F., meiner ehemals besten Freundin, die sie einst war, als ich noch in dieser Stadt wohnte. Mein Herz springt mir beinahe aus der Brust, als ich klingele. Schritte im Inneren, ein Kläffen. Der Türspion verdunkelt sich für einen Moment, und ich weiß, sie hat mich erkannt. Stille, in der sie überlegt, ob sie aufmachen und wie sie auf mich reagieren soll. Ich wüsste ja selbst nicht, wie ich mich behandelte, wäre ich an ihrer Stelle. Das, was ich ihr angetan habe, macht man einfach nicht: Man verlässt einen Herzensmenschen nicht, ohne sich zu verabschieden.

All die Szenarien in meinem Kopf lösen sich in Luft auf, als sich die Tür langsam öffnet.

„Träume ich oder bist das wirklich du, L.?", flüstert sie vorsichtig, als könnte meine Erscheinung mit jedem lauten Wort zerbrechen. Wie kurz nach dem Aufwachen, wenn man lieber schweigt, weil das die unsichtbare, fragile Wand zwischen Nacht und Tag aufrecht erhält. Weil jedes laute Geräusch die Wirklichkeit ins Zimmer bestellt.

F. scheint keinen Tag gealtert zu sein, sie sieht aus wie in meiner Erinnerung. Dieselbe Frisur, derselbe Stil, dasselbe feingeschnittene Gesicht.

Ich grinse sie verlegen an und meine Augen flehen: Es tut mir so leid, bitte verzeih mir, ich weiß, ich habe mich falsch verhalten, ich bin doof, aber lass es mich wieder gutmachen.

Mein trockener Mund sagt nur:

„Hej F."

Soweit ich weiß, sind wir wach und ich bin ich, denke ich mir, meine Unsicherheit mit Humor übertönend. Für gewitzte Sprüche ist es aber noch zu früh.

Der Grund für das Gekläffe von vorhin quetscht seinen Kopf zwischen die Beine von F., seine Glubschaugen wollen unbedingt sehen, wer es wagt, ihrer beiden Frieden zu stören. Helmut, der Mops, er lebt also noch. Ich lächle ihn an, bitte sei nett zu mir, ich tu dir und deinem Frauchen auch nichts.

„Ich weiß gar nicht, was ich sagen und ob ich mich freuen soll. Weißt du, wie sehr du mich verletzt hast mit deiner heimlichen Flucht? Wie lang ich auf eine Nachricht von dir gewartet habe? Wie oft ich die Stadt abgesucht habe, denn es wusste wirklich niemand, wo du bist?! Ich sollte keine Minute mehr an dich verschwenden, ich war es dir ja auch nicht wert."

Da ist es, das gekränkte Herz. Wir sind beide schlecht darin, unsere Gefühle zu verstecken, Unehrlichkeit war unser Ding noch nie.

„Ich weiß, es tut mir so unendlich leid, aber jetzt bin ich hier, und ich kann dir alles erzählen, wenn du willst. Bitte."

Ich bemühe mein Gesicht um den reumütigsten Ausdruck. F. fixiert mich misstrauisch, sie mustert mich von oben nach unten und scheint zu überlegen. Siegt die Neugier über den Stolz? Die Liebe über die Angst? Die schönen Erinnerungen über die schmerzlichen?

„Du hast Glück, ich habe heute frei und gerade Zeit. Gehen wir in ein Café und du erzählst mir, was du hier machst und was damals passiert ist, und ich überlege mir, ob ich dich wieder in mein Leben lasse, ja?"

Was ich hier mache. Warum ich zurückgekehrt bin. Gu-te Frage. Damit diese Geschichte einen Anfang hat? Weil mich die Stadt im Traum rief? Was klingt logischer?

Seit Wochen träumte ich von ihr. Seit Wochen kam ich nachts in diese Stadt zurück, erlebte in ihr wirre Abenteuer, traf mir bekannte und fremde Menschen. Und jede Nacht war da diese raue, dunkle Frauenstimme in meinem Ohr, die flüsterte:

„Wo bleibst du denn? Wir vermissen dich hier. Wir brauchen dich. Komm zurück. Du bist die Einzige, die es finden kann. Die uns finden kann. Die dich finden kann. Du bist die Einzige, die in der Watte die Nadel aufhebt und mit dieser und einem Bandwurm ein Loch flicken kann. Hallo, hörst du mich? Jaja, ich weiß, das geht nur in eine Richtung. Würde mich echt gern mal so richtig unterhalten, Fragen *und* Antworten. Obwohl ich eh schon alles weiß. Naja. Also, hast du mich verstanden, kommst du rum? Bis bald und auf Wiederhören!"

Verwirrt, um nicht zu sagen verstört, wachte ich jeden Morgen auf. Ich schüttelte den Traum ab und brachte den Tag hinter mich, so gut es ging. Aber die Stimme wurde ich nicht los, sie kam jede Nacht wieder, bald hörte ich sie sogar tagsüber.

Doch ich ignorierte sie zunächst, lebte mein Leben weiter, ging morgens in die Arbeit, kehrte abends müde nachhause, tagein, tagaus derselbe Rhythmus, und es hätte mich nicht gestört, hätte die Stimme sich nicht immer mehr eingemischt. Ich erwog bisweilen sogar, meinen Kopf untersuchen zu lassen, denn wer andauernd fremde Stimmen hört – gesund ist das nicht. Doch ich lief mich wund in meinem Hamsterrad, lebte mein gewöhnliches Leben weiter, indem ich mir einredete, glücklich und zufrieden zu sein, denn schließlich hat man doch glücklich und zufrieden zu sein, wenn alles so läuft wie bei allen anderen, und man Essen, Arbeit, Dach über dem Kopf hat.

Dies mag zwar wahr sein, allein nur zum Teil. Wenn dein Herz dich ruft und du diesem nicht folgst, wirst du immer nur halb leben; wenn du immer nur das tust, was alle anderen tun, wirst du eben immer auch das: auf einem anderen Weg sein als dem deinen.

Als mir das Leben eines Tages die Richtung wies, indem es meine Arbeit kündigte und meine Wohnung flutete, beschloss ich endlich, der inneren Stimme zu folgen, packte meinen Koffer, sagte zu niemandem Lebewohl und fuhr mit klopfendem Herzen los.

Die Stimme sagte nie, wer sie war und wohin ich zurückkommen sollte, aber ich konnte es mir schon denken. Ich kannte die Stadt ja, in der ich meine Träume verbrachte, ich kannte sie viel zu gut.

Dachte ich zumindest. Bis ich mich vor ihren sprichwörtlichen Toren befand und mich eine düstere Vorahnung ergriff. Etwas Dunkles und Gefährliches stand mir bevor, und ich fühlte mich wie in einem meiner Träume, in denen ich, ohne zu wissen warum, ohne Vergangenheit und Zukunft, plötzlich an einem Ort auftauche. Oder besser: Der Ort taucht in mir auf.

Super, sagte ich zu mir selbst, wieder eine deiner durchdachten Aktionen. Ich lachte. Was konnte schon schiefgehen?

Und ich betrat die Stadt.

Wieviel soll ich F. anvertrauen? Freilich hoffe ich, dass sie noch immer die ist, mit der ich mich damals so gut verstand. Mit der ich alles teilte, weil wir denselben Humor hatten und auf einer Wellenlänge waren. Oft mussten wir uns nur ansehen und wussten, dass wir dasselbe dachten.

Aber Raum und Zeit verändern.

Ich beschließe, ihr nichts von meinen Träumen zu erzählen und unsere Annäherung vorsichtig anzugehen. Heute sehen wir uns bestimmt nicht zum letzten Mal.

„Sagen wir mal so, das Leben hat mich dazu gezwungen. Aber das ist schon in Ordnung so, ich will endlich mit der Vergangenheit abschließen. Dafür muss ich mich noch bei einigen Leuten entschuldigen", lächle ich F. an. Ich muss mich beherrschen, ihr nicht doch alles auf einmal zu erzählen. „Mal sehen, ob ich mich wirklich geändert oder mir all die Jahre nur etwas vorgespielt habe."

„Darauf bin ich auch gespannt."

„Ich hab dich echt vermisst, F."

„Ich hab dich auch vermisst. Aber ein bisschen musst du mir noch Zeit lassen, das war schon ein krasser Vertrauensbruch damals."

„Ich weiß, würde mir ja auch so gehen. Sagen wir, bis heute Abend?"

Wir lachen.

So unbeschwert ich mich gebe, bemerke ich doch, dass etwas nicht stimmt. Auch F. gibt sich offen und locker, macht Späße, wie ich es von ihr gewohnt bin. Allein es fühlt sich falsch an, unehrlich, aufgesetzt. Als trüge sie eine Maske, mit der sie mir die alte F. vorspielt, wie sie in meiner Erinnerung leibt und lebt. Oder erwarte ich für unser erstes Treffen zu viel?

Mir kommen die vergangenen Jahre gerade wie eine Woche vor, in der ich mal eben urlaubte, keine Zeit ist vergangen zwischen unserem letzten Gespräch und jetzt. Möchte ich sagen, weil es in manchen Momenten so scheint. Aber das wäre gelogen, wir sind beide älter, erwachsener, ernster geworden, es liegen so viele gute und schlechte Tage zwischen uns, die wir nicht aufholen durch einen einzigen Nachmittag lockeren Geplänkels.

„Kann ich dich was fragen? Es geht um die Stadt. Ich hab noch nicht viel von ihr gesehen, aber es hat sich einiges verändert, stimmt's? Oder sehe ich aus neuen Augen?"

„Vermutlich letzteres, L. Ich weiß nicht genau. Ist vielleicht wie mit dem Kind anderer, als Außenstehende sieht man manchmal eher als dessen Eltern, wie groß es geworden ist. Das, was uns ständig nahe ist, kann sich verändern, wie es will, doch bleibt unser inneres Bild davon an einem gewissen Punkt stehen."

„Dir ist also nichts aufgefallen?"

„Naja, das Übliche, renovierte Häuser, sanierte Straßen, neue Trambahnen. Aber sonst?" F. zuckt mit den Schultern und blickt nachdenklich aus dem Fenster, das Thema ist für sie abgeschlossen.

Wir sitzen im Fenster eines kleinen Cafés, dessen Stammgäste wir einst waren. Die Besitzerin hat gewechselt, doch die großen Fensterfronten sind dieselben. In den gemütlichen Sesseln lässt es sich wunderbar verweilen, lesen, schreiben, plaudern und Leute beobachten.

Draußen gehen Geschäftsleute, Mütter mit Kindern und Einkaufstaschen, Gruppen von Jugendlichen, und ein älterer Mann mit Krückstock vorbei. Nichts Ungewöhnliches an einem Nachmittag unter der Woche, auch wenn mir eines auffällt: Sie alle hasten gebeugt aneinander vorbei, niemand sieht sich in die Augen. Der gehetzte Gang wäre für Geschäftsleute noch in Ordnung, das Gebücktgehen für alte Menschen auch. Aber selbst die Kinder und Jugendlichen halten ihre Köpfe geneigt, blicken auf den Boden, sprechen nicht miteinander. Ab und an entdeckt uns jemand hinter der Scheibe und starrt zurück, und in regelmäßigen Abständen, wie ich irritiert bemerke, gehen Menschen langsam vorbei, von vornherein in unsere Richtung blickend, als beobachteten sie uns. Auch die Kellnerin, die uns vorhin ausnehmend freundlich bediente, bleibt ständig in der Nähe, obwohl das Café gut besucht ist und sie viel zu tun hätte. Sie meint, es fällt nicht auf, doch jedes Mal, wenn wir miteinander sprechen, schreibt sie etwas in ihren Notizblock.

Ich schüttle mich, weg mit diesen Gedanken, jetzt bloß keine Verschwörung wittern. Du bist hier in keinem Roman oder Film, L., auch wenn du das gern hättest.

Ich widme mich wieder F., die sich just in diesem Moment an mich wendet.

„Ich muss jetzt nachhause, L., mein Mann kommt bald von der Arbeit. Hättest du Lust, die Tage ins Kino zu gehen? Oder ins Fühlhaus? Ich wette, das gefällt dir."

Wer ist diese Frau?

„Du bist verheiratet? Warum sagst du das nicht gleich?! Was für eine Nachricht!"

„Oh, ich dachte, ich hätte das erwähnt. Seit letztem Jahr. Ja, und wir planen gerade für das erste Kind."

Wie lange war ich nicht hier, eine andere Dimension lang? F. war damals die erste, die gegen die Ehe und das traditionelle Frauenbild schimpfte. Sie war die erste, die uns schwor, bei allen wütenden Frauen der Welt, niemals heiraten und erst recht keine Kinder bekommen zu wollen. Aus vielen Gründen, die ich hier sicher nicht aufzählen muss. Wir nahmen sie beim Wort, denn wir kannten niemanden, der so überzeugend und willensstark war wie F. Und jetzt? Jetzt muss sie nachhause eilen und ihrem Mann etwas zu essen kochen, bevor sie sich zu reproduzieren versuchen. Hilfe.

Diese erstaunten und entsetzten Gedanken lasse ich mir natürlich nicht anmerken. Ich will die gerade erst gewonnenen Sympathien nicht gleich verlieren.

„Na, und da sag einer, es hätte sich nichts verändert, meine Liebe. Komm, lass dich drücken."

Wir umarmen uns, die Halbherzigkeit versteckend. Verlegen sehen wir uns an.

Beim Verlassen des Cafés versuche ich, meine Sprachlosigkeit zu überdecken:

„Bevor wir uns gleich verabschieden, kann ich dich noch etwas fragen? Bei der Ankunft am Bahnhof habe ich einen Spruch an einer Mauer gelesen, der mir nicht mehr aus dem Kopf geht. Es ist ein Rätsel, und vielleicht weißt du ja, was es bedeutet? Vielleicht handelt es sich um einen Insider eurer Stadt."

„Sag das nicht, es ist auch deine Stadt, das weißt du ganz genau. Und ich zweifle stark an meiner Rolle einer Eingeweihten."

„Na gut, in *unserer* Stadt." Ich lächle sie an.

„Schieß los, ich bin gespannt."

F. wirkt nervös, ständig fährt sie sich durch die Haare und straft jeden, der an uns vorbeigeht, mit scharfen Blicken. Schon vorhin bemerkte ich ihre zunehmende Unruhe, schob es aber auf den schwarzen Tee und das lange Sitzen, das ihr gar nicht behagt.

„Also." Ich versuche mich zu konzentrieren. „Der Spruch lautete:

Was es noch gibt und auch nicht,
wovon jeder weiß und keiner spricht,
es kostet und schenkt Leben,
es zu finden ist unmöglich und doch:
Tritt ein und folge den Fäden."

Wenn F. noch einen Funken ihres alten Ichs in sich trägt, hat sie Rätsel genauso gern wie ich. Ich wiederhole den Spruch weitere zwei Mal.

F. nickt und lächelt.

„Ja, den Spruch kenne ich. Er ist eines Tages einfach aufgetaucht, wie das mit diesen Bildern so ist. Es hat uns alle verwundert, dass er dort noch immer stehen darf, normalerweise werden solche Dinge so schnell wie möglich entfernt. Ganze Zeitungen hat dieses Rätsel schon ausgefüllt, aber niemand weiß, was es bedeutet. Vielleicht existiert es deshalb noch. Um ehrlich zu sein, hatte ich bisher keine Zeit, genauer darüber nachzudenken. Aber vielleicht mache ich das jetzt einfach mal und dann rätseln wir gemeinsam, wenn wir uns das nächste Mal sehen, was meinst du?“

„Alles klar, das machen wir so. Hätte mich jetzt auch gewundert, wenn niemand sonst den Spruch gekannt hätte, so prominent, wie der an dieser Mauer prangt.“

F. antwortet nichts mehr und mustert mich nur. Da ist sie wieder, die Stille zwischen uns, in der zu viel Unausgesprochenes liegt, das aber weder sie noch ich berühren mag.

„Ich freu mich, dass du hier bist, L., wirklich. Das nächste Mal habe ich auch mehr Zeit, versprochen.“

Traurig lächelnd umarmt sie mich, und bevor sie schnellen Schrittes davoneilt, drückt sie meine Schulter, während ihre Augen bekümmert rufen: Wie schade, ich hatte dich wirklich gern.

Ratlos bleibe ich zurück. Ich bin davon ausgegangen, dass wir uns beide nach so langer Zeit verändert haben, aber *so* verändert?

Ich verfluche meine Neugier, die mich immer wieder in diese Situationen bringt. Um einiges einfacher wäre es gewesen, hätte ich mir zuhause auf der Couch eine Geschichte zu meinen Träumen ausgedacht. Was will ich nochmal in dieser seltsamen Stadt, die mir damals nichts als Ärger einbrachte?

Bevor ich mich noch mehr in diesen unheilvollen Gedanken verliere, konzentriere ich mich lieber auf das, was vor mir liegt. Um F. kümmere ich mich dann, wenn wir uns wiedersehen.

Wie sehr ich die Stadt vermisst habe.

Schon von weitem erkannte ich sie bei meiner Ankunft an ihren Schornsteinen und dem grauen Himmel, den diese mit ihrem Qualm jahrhundertelang malten. Ist sie nicht melancholisch schön?

Jede Stadt hat ihr eigenes Wesen, in der einen fühle ich mich willkommen, in der anderen fremd, wie ein Eindringling. Formt die Stadt ihre Bewohner oder ist es umgekehrt? Wie wird eine Stadt zu der, die sie ist?

Es ist nicht viel anders als beim Menschen: Eine jede hat von Anfang an ein in ihr schlummerndes Wesen, das mit der Zeit aus seiner Höhle kriecht und sich neugierig umsieht. Was aus diesem Wesen wird, hängt davon ab, wem sie dort draußen begegnet.

Ich laufe durch die Straßen, erfreue mich an ihren Häusern, an den Hinterhöfen, an den hohen Wänden ohne Fenster, an denen bisweilen riesige Frauen, Ratten oder

Vögel prangen. Der verzweifelte Versuch, die Graubraunheit der Stadt zu übertünchen.

Es hat sich doch einiges getan, seitdem ich sie verließ. Überall begrünen neue Bäume die von Abgasen durchtränkten Straßen, Sitzbänke an jeder Ecke, Schachtische in den Parks.

Als ich die Vorzeigestraße verlasse und in Richtung meiner damaligen Wohnung spaziere, begegne ich diesen Ecken wieder, die mir so gefallen: alte Häuser, von denen der Putz bröckelt, an deren Wänden ich die letzten Jahrhunderte greifen kann; eine verlassene Villa mit ihren traurigen, unheimlichen Fensteraugen zwischen zwei modernen Wohnhäusern eingesperrt und ins Dunkle gerückt; die offenstehende, knarzende Tür zu einer Treppe, die in eines dieser Häuser führt, die unzähligen Innenhöfe.

Auch Liebeskummer plagte mich damals zuweilen, doch die Stadt half mir, diese Gefühle auszuleben. Sie wollte nichts beschönigen, nichts verschleiern: Hässlich blieb hässlich, niedergeschlagen blieb niedergeschlagen, traurig blieb traurig. Fassaden heißen Fassaden, weil sie äußerlich sind. Die traurigen, einsamen Menschen in den Gebäuden erheitern sie mit ihrer Schönheit nicht.

Deshalb verliebte ich mich in diese Stadt: Ich konnte traurig sein und keines der Gebäude rief mir entgeistert zu: Junge Frau, warum so verzagt? Wie kannst du dieser Laune sein, wenn die Welt doch so wunderschön ist? Sieh uns an, wie wir glänzen und um die Wette strahlen!

Es gibt für mich nur wenig Unangenehmeres als einen Ort, an dem alle Menschen und Dinge schön und gut gelaunt sind. Ist es nicht allzumenschlich, einen schlechten Tag zu haben? Das Schöne wird mit der Zeit langweilig, das Hässliche nie. In dieser Stadt durfte ich meine Traurigkeit ausleben, bis ich das nicht mehr wollte und die Welt von mir selbst aus wieder schön fand.

Das vergesse ich ihr nie.

Langsam wird es dunkel, die Straßenlaternen verteilen ihr warmes Licht gleichmäßig auf den Köpfen der Passanten, ein leichter Nebel steigt auf. Die Menschen, die mir entgegenkommen, starren mich an, als hätten sie noch nie eine Frau wie mich gesehen, manche machen eine unwirsche Bewegung mit ihrem Kopf in meine Richtung, als sagten sie den anderen: Schaut mal die an, was will die denn hier?! Dann fallen sie wieder in ihren gebückten, hastigen Gang zurück. Nur ja keinem Bekannten begegnen und so schnell wie möglich nachhause ins warme, sichere Nest.

Verwundert drehe ich mich nach ihnen um. Sehe ich so fremd, so anders aus als sie? Klebt mir ein Schild mit „zu Besuch" auf der Stirn? Ein paar erwische ich dabei, wie sie mir tuschelnd nachblicken, kichern oder besorgt den Kopf schütteln.

Auf dem Weg zu meiner ehemaligen Wohnung liegt ein kleiner Park, den ich früher oft durchquerte. Allein heute ist es mir schon zu dunkel, ich bin zu alt und zu nüchtern für waghalsige Ausflüge, daher will ich ihn umgehen. Erstaunt halte ich jedoch inne.

Von hohen, spitz zulaufenden Metallspießen und einem Bauzaun umgeben, in das trübe Licht einiger Straßenlaternen getaucht, ragt eine bunt bemalte Zwiebel aus der zarten Nebelwatte empor. Still steht sie da, diese Kirche, deren Existenz mich verwundert. Sollte sie nicht längst abgerissen werden? Das war doch schon damals, als ich hier noch wohnte, der Plan.

Ich nähere mich dem Tor, an dem ein Schild mit der Aufschrift „Betreten verboten. Zuwiderhandlung unter Strafe" hängt. Vielleicht steht der Abriss kurz bevor. Schade drum, aber soweit ich weiß, ist das nicht das einzige Gotteshaus mit diesem Schicksal. In den letzten Jahren, in denen ich hier wohnte, fiel ein Gebetshaus nach dem anderen dem Wahn des Neubaus zum Opfer. Es interessiert aber auch niemanden mehr.

„Gedenken Siie, die Kiirche zu besiichtiigen?", krächzt da eine Stimme aus dem Nebel ganz nah an meinem Ohr.

Ich schrecke hoch, drehe mich um, aber da ist niemand.

„Hiier biin iich. Gerradeaus."

Die Augen eines kleinen, alten Männleins leuchten mich hinter den Metallstäben heraus an. Sein Gesicht hat kaum Falten, es ist ungewöhnlich hell, als hätte es schon lange keine Sonne mehr gesehen. Seine Augen sind im Verhältnis zu seinem Gesicht riesig, die Nase erinnert an die einer römischen Statue und der lächelnd fragende Mund war wohl einmal sinnlich schön.

Vor allem an der brüchigen Stimme mache ich sein Alter fest. Es scheint, als hätte das Männlein, das fast einen Kopf kleiner ist als ich und nur aus Haut und Knochen besteht, längere Zeit mit niemandem mehr gesprochen: Seine Stimme ist rau und die Wörter betont es an ungewöhnlichen Stellen.

„Haben Sie mich erschreckt. Guten Abend. Ich war tatsächlich vor vielen Jahren in der Kirche, als ich noch in dieser Stadt gewohnt habe. Hat sich darin viel verändert? Seit wann ist sie geschlossen?"

„Besiichtiegen geht niicht mehrr. Das iist verboten. Nur iich darf noch hiinein. Nein, es iist niiechts anders, nurr kein Weihrauch meehr, keinnne Menschen."

„Bewachen Sie die Kirche also? Oder haben Sie die Kirche einfach bezogen, weil sie leer steht?"

„Ahh, eine junge Frrau mit viielen Frragen. Gut gut, aberr niecht in diieser Stadt. Stellen Sie niicht zu viiele Frragen, sie haben iihr Leben noch vorr siech, werrfen Siie es niicht weg. Nurr ein kleiner Tiipp von miir. Denn ja, iich biin ein Wächterr, kann man so sagen, der Wächterr iihrer Geheimniisse."

Er legt den Zeigefinger auf den Mund, sein Gesicht verzieht sich zu einer schmerzerfüllten Grimasse, böse funkelt er mich an.

„Und jetzt verschwiende von hiier, komm am besten nicht mal mehr ien unsere Nähe. Sei gewarrnt, und das sage iech nurr einmal: Werr iehnen zu nahe kommt, verlässt sie niie wiederr!"

Ein Knall. Nach seinem letzten Satz schlug er gegen den Zaun, ich stolpere entsetzt zurück, und im nächsten Augenblick wabert Nebel dort, wo gerade noch ein Mensch stand, als wäre dies alles nie geschehen.

Ich liege in meinem Bett und kann mich kaum noch erinnern, wie ich hierhergekommen bin. Der Tag ist verschwommen, als hätte sich der dichte Nebel draußen auch in meinem Kopf ausgebreitet.

Habe ich das alles nur geträumt? Bin ich gerade erst aufgewacht?

Mir ist bewusst, wie ich mich angesichts des heutigen Tages fühlen müsste: ängstlich, neugierig, besorgt. Aber ich bin vor allem betäubt, die Bilder sind mir fremd und meine Gefühle dazu ebenso, als hätte all das nicht ich selbst, sondern eine andere L., eine mir unbekannte Person, erlebt.

War da was?

Ich fühle mich wie auf Wolken schwebend, süß und klebrig und weich verschmilzt mein Gehirn mit dem Rest meines Körpers, ich bin ein großer Berg an Zuckerwatte, von der F., das Männlein und all die anderen Menschen, denen ich heute begegnete, genüsslich abbeißen.

Ich mag dieses Bild, ich mag es, anderen etwas Gutes zu tun.

Mit diesem wohligen Gefühl im Bauch falle ich tief in einen bleiernen Schlaf ohne Träume.

Sehnsucht nach Ungreifbarem

Eine Sehnsucht,
die dich immer weitergehen,
nie stillstehen lässt;
an der du bisweilen verzweifelst,
doch jeder Schritt in ihre Richtung
erfüllt dich
wie nichts auf der Welt.

Sie ist still, lautlos gar,
und übertönt doch alles.
Weil dein Außen oft
alles einnimmt,
vergisst sie dein Kopf,
dein Herz aber nie.

Wie etwas finden,
von dem du nur weißt,
aber nicht, was es ist?
Das du nicht suchen kannst,
sondern das dich findet,
aber nicht, wenn du stehen bleibst?
Das kein Ende hat, allein das deine,
und das für jeden offenbar und
doch unsichtbar ist?

ZWEI

Ein Sonnenstrahl kitzelt mich zurück aus der Finsternis ans Licht des nächsten Tages. So tief habe ich lange nicht mehr geschlafen, kurz muss ich überlegen, wo und wann ich bin.

Das ist ein gutes Zeichen.

Frohen Mutes ziehe ich mich an und gehe zum Frühstück. Meine kleine Reise beginnt vielversprechend, denke ich. Wie wunderbar es war, F. wiederzusehen, und wie sie sich über mich freute! Als hätte sich nichts verändert. Und die vielen herzlichen Menschen auf der Straße! Ich habe ganz vergessen, wie schön diese Stadt ist.

Heute Vormittag will ich zunächst am Fluss entlangspazieren, ich will die Ruhe erleben, die über der Stadt liegt, wenn der Großteil der Einwohner seiner Arbeit nachgeht. Dann gehört die Stadt mir allein, und vielleicht vernehme ich in dieser Stille des Vormittags erneut den Ruf, der mich hierher gelockt. Wenn ich mir vergegenwärtige, wo ich mich befinde, wenn ich endlich angekommen bin, dann bin ich bereit für den Trubel und alles, was da kommen mag.

Gut gelaunt verlasse ich das Hostel, der noch frische, unbeschriebene Tag erfreut mich ungemein. Tage ohne Termin und festen Plan, an denen ich alles auf mich zukommen lassen kann, sind mir die liebsten.

Ich spaziere vorbei an Läden, deren gähnende Besitzer ihre Rollläden hochziehen, die Schilder vor die Tür stellen und mir argwöhnisch nachsehen. Die Lange Straße glänzt wie leergefegt, die meisten Menschen kommen erst später hierher, um ihren Feierabend in den Restaurants und Bars zu verbringen.

Der Nebel hat sich bereits in seine Poren zurückgezogen, und nur in ein paar leisen Ecken wabert er noch vor sich hin, bevor er sich auch dort in Luft auflöst. Gestern Abend stand er dicht und hoch, das weiß ich noch. Er brachte mich nachhause, wiegte und sang mich in seinen kuscheligweichen Armen in den Schlaf – eine schöne Vorstellung, das Bild gefällt mir.

Abrupt bleibe ich stehen. Es trifft mich wie ein Blitz. Wo will ich denn hin? Ich schlage mir mit der flachen Hand gegen die Stirn. Wie konnte ich das vergessen – es gibt hier doch gar keinen Fluss! Das ist doch *das* Merkmal, das die Stadt von anderen unterscheidet, wenn auch nicht rühmlich. Was ist nur mit meinem Gedächtnis los? Peinlich berührt muss ich lachen – als wüssten die Menschen um mich herum, was ich vorhatte.

Verloren blicke ich mich um, ein Mann geht schimpfend an mir vorbei, fast wäre er in mich hineingelaufen.

Und nun fällt es mir endlich auf, die rosarote Brille ist weg. Abgesehen von den paar neu gepflanzten Bäumchen entlang einiger Straßen gibt es nur noch wenige Grünflächen: Die Parks, in denen ich früher so gerne spazieren ging, in denen wir picknickten, Enten fütterten und Geburtstage feierten, bestehen aus alten, kränklichen Bäumen, kahles, schwarzes Geäst, auf denen Krähen ihr Lied vom Tod singen, statt Rasen überall Betonplatten, auf denen hie und da moosbewachsene Tischtennisplatten stehen; ausgetrocknete, faulig stinkende Brunnen, abgebaute

Sitzbänke, kein Summen und Brummen, kein Vogelgezwitscher. Als hielte die ganze Natur ihren Atem an, als versteckte sie sich vor dem nahenden, allesverschlingenden Feind.

Mit mulmigem Gefühl spaziere ich zunächst weiter, ungläubig staunend laufe ich kreuz und quer durch vielbefahrene Straßen, enge, unbewohnte Gassen und jene Parks, an die ich so warme Erinnerungen habe, bis mir die Beine schwer werden. Überall dasselbe Bild. Wieso ist mir das nicht schon gestern aufgefallen? Wieso wirkte gestern alles so viel schöner?

Eine schwarze Katze sitzt im Eingang eines Hinterhofs und miaut mich an. Süßes kleines Ding. Ich nähere mich ihr vorsichtig, doch als ich mich hinunterbeuge, um sie zu streicheln, weicht sie meiner Hand aus und läuft ein paar Meter weiter in den dunklen Hinterhof.

Dort bleibt sie erneut stehen, dreht sich nach mir um und miaut: Komm, folge mir, Zweibeiner! Und wer wäre ich, dem Befehl einer Katze nicht zu gehorchen?

Als sie sich schließlich schnurrend auf dem Boden wälzt und ich sie endlich streicheln darf, bemerke ich: Sie hat mich vor ein gemütlich aussehendes, versteckt liegendes Café geführt, das ich ohne sie wohl nie entdeckt hätte. Die von Efeu bedeckten Mauern geben ein großes Fenster frei, in dem ich auf den ersten Blick ältere Damen und Herren beim Vormittagskaffeekränzchen erkenne.

Danke, liebe Katze, das ist der perfekte Ort für eine Pause, so einen habe ich mir gewünscht. Plötzlich springt die Katze auf, faucht mich an, genug der Liebe! und verschwindet im nächsten Hauseingang. Typisch, denke ich amüsiert, und habe ganz vergessen, dass schwarze Katzen ein Vorbote des Unglücks sind.

Beim Betreten des Cafés verkündet eine gut gelaunte Klingel die Ankunft des neuen Gasts. Einige Anwesende mustern mich neugierig; als sie feststellen, dass es sich um ein neues, fremdes Gesicht und keinen ihrer Bekannten handelt, führen sie ihre Gespräche weiter.

Hinten im Eck entdecke ich einen kleinen, freien Tisch, von dem aus ich den ganzen Raum überblicken kann. Ich bestelle Tee und *szarlotka*, warmen Apfelkuchen mit einer Kugel Vanilleeis, und sperre meine Ohren weit auf.

Zwei Frauen unterhalten sich, die jüngere von beiden hält schaukelnd ein schlafendes Kind auf dem Arm, mit der freien Hand rührt sie geräuschvoll ihren Tee um.

„Hast du schon gehört, es soll bald verboten werden, allein durch die Stadt zu spazieren. Was sagt man dazu? Angeblich wegen der vielen Kriminellen, die wir doch eigentlich gar nicht mehr haben."

„Ja, hab' ich gelesen. Sowas aber auch. Es soll dann nur noch erlaubt sein, zu zweit oder zu mehreren spazieren zu gehen, um der sich verbreitenden Einsamkeit entgegenzuwirken. Ge, das glaubt doch kein Mensch."

„Nein, ich glaub' sowas auch schon lang nicht mehr. Aber sag das nicht zu laut, am Ende verrät man uns. Ich hab' ja schon Probleme gekriegt, weil ich allein wohn', seit mein Herbert von uns gegangen ist. Und dabei hab' ich gesagt, ich hätt' damit fei kein Problem, hab' ich gesagt, aber nein. Das sehen's nun mal nicht gern."

Drei ältere Herren an einem etwas entfernteren Tisch unterhalten sich lautstark über Fußball, ihre Frauen und

„die Politiker". Ich würde sie gern ignorieren, doch sie sind nicht zu überhören.

„Dabei wissen wir doch eigentlich eh, dass nicht *die* das Sagen haben. Wen verkaufen die eigentlich für dumm? Freilich, mit uns kann man's machen, ge. Wir haben ein Leben lang in ihren Fabriken geackert, und am Ende bleibt nichts für uns übrig. Die ganze Kohle stecken die sich ein."

„Und uns erzählen sie, es wär nicht genug da, es würd halt nicht reichen für alle, schuld sind die, die nicht arbeiten oder neu in der Stadt sind. Jaja, das Märchen des Jahrhunderts!"

„Das am besten funktionierende, möchte ich erinnern, Leute."

„Wisst's noch, wie das damals wirklich viele geglaubt haben und bei den Wahlen fast die Menschenfeinde übernommen haben? Ich nenn die seitdem so, weil was soll man sonst zu denen sagen, wenn die den allermeisten von uns jedes Menschenrecht absprechen, wenn die uns gegeneinander aufhetzen und grundsätzlich eher sich selbst und ihren reichen Freunden helfen als der ganzen Stadt?"

„Tja, sie waren halt die mit den besten Sprüchen, ge. Gebt's zu, ihr warts auch nicht ganz immun. Nach unten zu treten, ist halt einfacher als nach oben. Vielleicht müsste man da dann eher sagen: Boxen. Nach oben boxen, k.o. in der ersten Runde."

Alle nehmen einen Schluck von ihrem Bier und für einen Moment ist es so still, dass ich einen anderen Tisch links neben mir besser verstehen kann. An diesem sitzen fünf ältere Damen beim Kaffee, sie sprechen sehr leise.

„Übrigens, ein Kollege von meinem Sohn hat's dieses Jahr versucht. Jaja, kein Witz. Frag mich nicht, wie und warum, das werd' ich selber nie verstehen, kann ja nur hoffen, dass meine Kinder und Enkelinnen nicht auf die Idee kommen. Der Kollege ist eines Tages nicht mehr aufgetaucht bei der Arbeit, nach drei Tagen hat dann jemand einen Zettel bei ihm daheim am Esstisch gefunden, wo draufgestanden ist, dass er sich auf die Suche macht und bis bald. Das war jetzt ungefähr vor einem halben Jahr, und keiner hat mehr was gehört von ihm."

„*Ojeejku.*"

„Schlimm."

„Furchtbar."

„Ich versteh' ja, dass so ein Märchen, so ein Geheimnis anziehend ist auf Abenteurer. Aber es ist doch auch bekannt, dass da keiner heil zurückgekommen ist, keiner! Entweder sinds ganz verschwunden oder so umnachtet aufgetaucht, dass sie zu nichts mehr zu gebrauchen waren. Ich sag's dir, das ist ein Fluch, das muss einer sein, und zwar seitdem diese Geschichte angefangen hat."

„Du meinst, seitdem das Wasser verschwunden ist, oder."

Ich horche auf. Eine Erinnerung regt sich in mir, ganz hinten in einer verstaubten Ecke meines Gedächtnisses, doch ich kann sie nicht greifen.

„Jaja, ich stimm' dir zu. Und in den letzten Jahren ist es wieder schlimmer geworden. Als hätten die Menschen keinen Grund mehr, heroben zu bleiben. Als gäb's hier nichts Schönes mehr."

„Ja gut, ihr müsst's aber schon zugeben, gell, dass sich einiges verändert hat in den letzten Jahren. Es ist nicht mehr so schön, nicht mehr so hell alles. Die schlechte Stimmung, alle hocken nur vor ihren Kastln, und dann dieser ständige Nebel…"

„Ja, der Nebel… Ich geh schon gar nicht mehr hinaus in der Früh und am Abend, so wenig seh ich dann, und ein bisschen gruselt's mich auch…"

Das ist ein Moment, in dem ich entscheiden muss: Springe ich über meinen Schatten oder ärgere ich mich danach noch ewig, dass ich mich nicht getraut habe? Durchbreche ich die Mauer der Unsicherheit oder führe ich hinterher lieber Selbstgespräche?

Ich nehme meinen ganzen Mut zusammen, trete vor den Kreis älterer Frauen und räuspere mich.

„Entschuldigen Sie die Störung, guten Tag Ihnen, dürfte ich Sie etwas fragen?"

Ungläubig drehen sich die Köpfe in meine Richtung. Wer in aller Welt wagt es da, ihr Kaffeekränzchen zu stören?

Sie blicken sich kurz in die Augen, um die Zustimmung der anderen einzuholen.

Dann spricht die Frau, die vorhin nichts gesagt und nur ruhig zugehört hatte.

„Guten Tag, meine Liebe, ich weiß zwar nicht, ob wir Ihnen helfen können, aber bitte."

Sie nickt auffordernd, ich darf sprechen.

„Ich habe Ihr Gespräch ungewollt mitgehört und kann diese eine Sache nicht vergessen. Vor allem, weil ich gerade erst zum Fluss laufen wollte und mir dann einfiel, dass es ja gar keinen gibt. Sie haben etwas von ‚verschwundenem Wasser' erzählt, gibt es da eine Geschichte dazu? Die würde mich wirklich interessieren."

Die weißhaarigen, adretten Damen blicken sich erneut verschwörerisch an, ich habe wohl ein heikles Thema angesprochen. Als ich mich schon entschuldigen und an meinen Tisch zurückkehren will, nickt mir die Dame freundlich zu, die offensichtlich als ihre Sprecherin fungiert:

„Sie haben Glück. Wir haben heute ein wenig Zeit, und ich habe diese Geschichte schon lange nicht mehr erzählt. Nehmen Sie sich einen Stuhl und setzen Sie sich zu uns."

Der Kreis öffnet sich, alle lächeln mich freundlich an.

„Entschuldigen Sie bitte unser Zögern. Es geschieht nicht oft, dass sich Fremde für diese Art von Geschichten interessieren. Es kommt ja auch so gut wie kein Besuch mehr in unsere Stadt. Obwohl – Sie sind nicht *ganz* neu hier, oder?"

Sie mustert mich und ich schüttle den Kopf. Auch wenn ich mich in den letzten Tagen bisweilen fühlte wie eine Außerirdische, die zum ersten Mal auf unserem Planeten landet. Oder als käme ich nachhause, doch mein Haus hat neue Besitzer.

Im Blick meiner Gesprächspartnerin entdecke ich Mitgefühl, als wüsste sie genau, was ich gerade dachte, und als kannte sie mich schon mein Leben lang.

„Nun, wo beginne ich. Und besser: Wo beende ich meine Geschichte. Wenn ich Ihnen alle Geschichten erzählte, die ich über diese Stadt kenne, würd' dieser Tag dazu nicht reichen."

Sie überlegt, während die anderen an ihrem Kaffee nippen und ihren Kuchen essen.

„Das verschwundene Wasser also."

In dieser unserer Stadt, die übersetzt „Boot" bedeutet, hat es immer einen Fluss gegeben. Ein Boot ist schließlich kein Boot ohne das Wasser, auf dem es schwimmt.

Viele der heutigen Bewohner haben noch nie davon gehört, sie sind in einer Stadt ohne Fluss geboren, und was man nicht kennt, vermisst man nicht. Doch wir, die Stadtältesten, sind mit dem Bewusstsein aufgewachsen, dass etwas fehlt, denn unsere Eltern und Großeltern erzählten uns von den Zeiten, in denen es noch einen Fluss gab.

Manche von uns fühlen sich bis heute so, als hätten sie ihn noch selbst erlebt, als hätten sie noch selbst darin gebadet. Doch die Erinnerung verblasst, und auch wir haben uns an seine Abwesenheit gewöhnt, seine Existenz verblasst auf dem Stapel der Märchen wie die vielen anderen Geschichten über unsere Stadt, von denen wir heute annehmen, dass sie nur erfunden sind.

Unsere Großeltern erzählten uns damals mit glänzenden Augen flüsternd von den alten Zeiten, in denen „das Boot" noch am Wasser gelegen hatte. Eines Morgens jedoch, nach einer stürmischen Nacht, in der es geblitzt und gehagelt, in der das schwerste Unwetter seit langem über der Stadt getobt hatte, war der Fluss spurlos vom Erdboden verschwunden.

Niemand wusste Genaueres, aber Tatsache war: Die Stadt war von heute auf morgen wasserlos, ausgetrocknet, kein einziges fließendes oder stehendes Gewässer war mehr aufzufinden, die Quelle war versiegt.

Nachdem der erste Schock überwunden war, begannen Wissenschaftler im Auftrag der Stadt, des Wassers Schwund zu untersuchen. Allein sie fanden keinen einzigen Tropfen und Hinweis auf dessen Verbleib, weder in der Stadt noch in anderen Teilen der Erde.

Wie wir Menschen nun mal sind, können wir nicht ohne Erklärung, wir müssen verstehen, brauchen Sinn. Also entwickelten die Stadtbewohner mit der Zeit die ersten Theorien, wohin „ihr" Wasser verschwunden war.

So mancher Bewohner beschuldigte die vielen Fabriken der Stadt, die schon länger das Wasser für ihre Zwecke abgezweigt hätten, bis es eines Tages aufgebraucht war.

Das Wasser sei auf die andere Seite der Erde geflossen, munkelten die einen böse. Wegen der Wasserknappheit dort hätten sie unseren Teil der Erde „angezapft" und einfach „unser" Wasser gestohlen.

Die Besatzer im Westen der Stadt hätten das Wasser abgepumpt, aus purem Sadismus, um die ihnen verhassten Einwohner zu quälen, behaupteten die nächsten. Die Besatzungsmacht östlich der Stadt habe der anderen Besatzungsmacht das Wasser entzogen, um ihren Feind zu schwächen, widersprachen die anderen.

Ja, ein jeder fand für sich einen Schuldigen, der ihm gut in die eigene Erzählung passte.

Es gab sogar Leute, die überzeugt davon waren, Außerirdische hätten eines Nachts mit riesigen Schläuchen das Wasser entnommen, um Proben zu entnehmen und dann die Menschheit zu vergiften.

Eine Geschichte aber hielt sich über die Jahre am hartnäckigsten, und so entstand ein Mythos, der die Stadt und ihren Ruf für immer verändern sollte. Der Fluss nämlich, so erzählte man sich, habe sich freiwillig vom Erdboden zurückgezogen, er habe genug gehabt von all dem

Schmutz, den die Menschen in ihn hineinkippten, er wollte nicht länger beobachten müssen, wie diese miteinander umgingen, welch lasterhaftes Leben sie führten, nur um sich am Ende in ihm „reinzuwaschen". Also habe der Fluss eines Tages beschlossen, in den Untergrund zu gehen. Seitdem befinde er sich tief unter der Stadt, in großen, von Edelsteinen glitzernden Höhlen, und niemand habe ihn jemals wieder gesehen. Der Volksmund, der ein einfallsreicher ist und niemals aufhört zu reden, nannte dies bald die Geschichte der „Unterirdischen Seen". Was-

„So, und hier solltest du wirklich aufhören, wenn du nicht willst, dass sie den Weg der Verfluchten geht. Wir haben eh schon zu viel verraten."

Die anderen funkeln ihre Freundin warnend an. Zu ihrem Pech – und auch zu meinem – entfachen solche Worte meine Neugier erst recht.

Erschrocken sieht mich die Erzählerin an, tief ist sie in ihre eigene Geschichte eingetaucht, hat uns hinabgezogen und muss nun erstmal Luft holen.

„Das stimmt. Es ist sowieso nur ein Mythos unter vielen", winkt sie ab. „Eine Stadt besteht aus vielen Geschichten, und nur ein Bruchteil von ihnen besitzt ein Fünkchen Wahrheit. Was wahr ist und was nicht, muss man selbst herausfinden."

„Das werde ich", grinse ich. „Dankeschön für Ihre Erzählung, ich liebe ja gute Geschichten. Aber könnten Sie mir wenigstens noch sagen, was Sie mit den ,Verfluchten' meinen? Sie haben vorhin einen ,Fluch' erwähnt."

Doch die Frauen schütteln bedauernd ihre Köpfe.

„Wir haben Ihnen eindeutig schon zu viel erzählt. Das ist alles nicht wichtig, vergessen Sie das am besten wieder und leben Sie Ihr ach so junges Leben."

„Und geben Sie acht, dass niemand auch nur auf die *Idee* kommt, Sie würden da einer Sache nachgehen."

„Das tun Sie nämlich nicht."

„Es gibt gar keine Sache."

„Eben."

„Niemand will hier Besucher, die ihre Nase überall hineinstecken."

„Es gibt nichts, wo man sie hineinstecken könnte, aber man sollte es auch nicht versuchen."

„Da bricht man sich nur das Näschen."

„Eben."

„Genießen Sie doch Ihren Aufenthalt, es gibt so viel Schönes zu tun. So viel zu essen, zu trinken, einzukaufen, zu erleben. Für alles ist in dieser Stadt gesorgt."

„Und jetzt entschuldigen Sie uns, wir haben uns schon viel zu lange festgequatscht. Wir müssen jetzt los."

Als wäre dies ein Theaterstück und ich ihre Zuschauerin, steht der Kreis der Damen auf einmal auf; gleichzeitig rücken sie ihre Stühle an den Tisch heran, zücken ihre Geldbörsen, klemmen einen Schein unter ihren Kuchenteller und nicken mir zu. Ohne ein weiteres Wort verlassen sie das Café, die faszinierende Mischung aus Parfüm, Hautcreme und dem Duft hinterlassend, den die Verheißung eines ungelüfteten Geheimnisses trägt.

Ich bin baff. Jetzt kenne ich zwar die Geschichte des Flusses, doch diese hat mehr Fragen hinterlassen, als sie beantwortet.

Ich fühle mich wie die Außenseiterin, der der Zugang zu einem geheimen Club verwehrt ist – alle kennen das Passwort, nur ich nicht.

Ich hasse dieses Gefühl, ich kenne es aus meiner Kindheit und Jugend. Ich war immer ein verträumter Mensch, ich lebte die meiste Zeit in meinen Traumwelten, und das, was in anderen vor sich ging, bekam ich oft einfach nicht mit. Als lebten diese in einer anderen Welt, oder besser: Als lebte *ich* in meiner eigenen Welt.

Damals begann ich mich oft ausgeschlossen zu fühlen, ich hasste Gruppenaktivitäten und -zwang und blieb lieber allein oder unter wenigen, ausgewählten Freunden. Vielleicht war das aber auch mein ausgeprägter Freiheitsdrang, der mir Gruppen schon immer suspekt machte. Dieses Bedürfnis nach absoluter Freiheit durchdrang jeden meiner Lebensbereiche, selbst die wissenschaftlichen Arbeiten, die ich schrieb und die auf den ersten Blick nichts damit zu tun hatten, waren davon getränkt.

Diese Eigenschaft machte es mir nicht immer leicht. Bisweilen, wenn es nicht nach meinem Willen ging, war ich wütend und beleidigt, so lange, bis mein Umfeld dann doch meinen Vorstellungen nachgab. Oder ich zog mich zurück, überließ anderen die Organisation oder Diskussion, blieb lieber allein, als mich ungewissen, fremden Plänen unterzuordnen.

Und jetzt ist da eine ganze Stadt, die ein Geheimnis vor mir hütet, ich spüre das. Die Frauen haben mir nur einen Bruchteil erzählt, und als es gerade spannend wurde, verschwanden sie. Ich habe nicht mal ihre Namen erfahren, geschweige denn ihre Funktion oder sonstige Information, mit der ich sie wiederfinden könnte.

Mein Bauch kribbelt vor Aufregung, wie immer, wenn ich einer guten Geschichte auf der Spur bin. Ist sie der Grund für meine Rückkehr?

Plötzlich bemerke ich, wie still es geworden ist. Alle anderen Gäste haben sich nach mir umgedreht und beobachten mich. Neugier. Mitleid. Verachtung. Mit spitzen Krallen packen mich ihre Blicke an den Oberarmen, sie bohren sich mir ins Fleisch und schieben mich mit aller Kraft hinaus vor die Tür. Panisch laufe ich los, und erst, als ich zwei Straßen weiter stehenbleibe, keuchend vor Atemnot, lässt der Druck um meinen Hals nach.

Mir ist nach Weinen zumute. Ich will das, was ich gerade erlebt habe, mit jemandem teilen, doch ich weiß nicht, mit wem.

Im Laufe der letzten Stunden kamen die Erinnerungen an gestern zurück. Die Bilder gewannen an Schärfe, unverhüllt und erbarmungslos. Die Einsamkeit, die entsteht, wenn man nicht allein sein will, aber es gezwungenermaßen ist, ist die hässlichste unter den Einsamkeiten, und ich kenne viele davon.

Ich bin in eine Stadt zurückgekehrt, die mir fremd geworden ist, wie die Menschen, die ich einst Freunde nannte. Dachte ich wirklich, ich könnte nach so vielen Jahren dort anfangen, wo ich sie einst verließ? Als hätte nur ich mich verändert und alle anderen waren dort stehengeblieben, wo ich sie in Erinnerung behalten habe?

Ich läute bei F. Ich warte. Rechts der Haustür vertrocknen Pflanzen, links davon ein braches Beet. Das sieht ihr ja so gar nicht ähnlich, denke ich. Als nach einer

Viertelstunde und mehrmaligem Klingeln noch immer niemand öffnet, gebe ich auf und gehe zurück in die Innenstadt.

Es beginnt schon zu dämmern, als ich beschließe, mich einfach jetzt schon in meine ehemalige Lieblingskneipe zu setzen. Dort gibt es immer etwas zu beobachten und vielleicht treffe ich ja die ein oder andere Bekannte. Oder sogar jemand Neues.

Den Weg zur Bar kenne ich im Schlaf, auch wenn es mir immer wieder schwerfällt, mir die Straßennamen zu merken oder die genaue Ecke, an der die Bar liegt.

Schon damals, als ich noch in der Stadt lebte, war mir der Weg jedes Mal anders vorgekommen; es war, als würde ich ihn jeden Tag zum ersten Mal gehen, als versteckte sich die Bar jeden Tag an einem anderen Ort. Und ja, ich verbrachte damals viel Zeit dort, aber das ist eine andere Geschichte.

Ich biege um die Ecke und da sind sie, die Stufen, die in mein altes Zuhause führen.

Unten trete ich durch einen schweren roten Vorhang und bin mittendrin. Nichts scheint sich verändert zu haben. Links geht es in einen kleinen Nichtraucherraum mit Tischkicker, rechts liegt die Bar, an der man vorbei in die „Höhlen" geht, so nenne ich die beiden langgezogenen Räume mit den vielen kleinen runden Tischchen und dunklen Ecken, in denen allerlei finstere Gestalten sitzen. Flackerndes Kerzenlicht stellt die einzige Beleuchtung dar, und zusammen mit dem wabernden Zigarettenrauch ergibt das die einzigartige Atmosphäre dieser Bar, die ich so liebe, und die mit ihren Bücherregalen einen passenden Namen trägt: *Biblioteka.*

Ich bestelle ein alkoholfreies Bier und setze mich an meinen Lieblingsplatz.

Schön, wenn sich manche Dinge nicht ändern. Schön, nach Jahren zurückzukommen an einen Ort, der immer noch wie in meiner Erinnerung ist.

Der Raum ist erfüllt von heiteren Stimmen, alle Gäste scheinen sich ausgezeichnet zu amüsieren. Aus dem hinteren Zimmer vernehme ich bisweilen ein tiefes Lachen, das von einem Menschen zu stammen scheint, der mit seinem ganzen Bauch lacht, so stelle ich mir das zumindest vor, und eine Gruppe stimmt kurz darauf in sein Lachen ein, als hätte sie auf seine Erlaubnis gewartet.

Ich erkenne zwar durch den Rauch und die Finsternis niemanden, aber ich fühle mich wohl damit und kein bisschen mehr einsam. Ich erinnere mich an einen Spruch, der aus der Heimat eines meiner Freunde stammt. Dort sagt man: Wenn du verloren bist, gehe dorthin zurück, wo du herkommst.

Klar, diese Bar ist nicht der Ursprung meiner Reise, aber er war schon damals ein Ausgangspunkt, von dem aus meine Abende begannen. Und damals bestand mein Leben *nur* aus Abenden.

Nach der aufwühlenden Begegnung in diesem Café, das noch dazu „Schwarze-Katzen-Café" hieß, und der seltsamen Stimmung in der Stadt, benötige ich eine Minute Ruhe. Ich weiß, dass diese Stadt anders als die anderen, dass ihr Himmel aufgrund der tausend Schornsteine selten blau und die Stimmung rau ist, aber der dichte Nebel und die Blicke der Menschen sind neu.

Als ich vorhin durch die Straßen lief, auf der Flucht vor den mörderischen Blicken, musterten mich die Menschen, die an mir vorbeigingen, in Geschäften und Cafés, auf Balkonen und in den Bussen, argwöhnisch. Ja, ich war verstört, hatte vielleicht auch so ausgesehen, aber so schlimm? Als würden sie mir ansehen, dass ich fremd bin, verloren, ohne Plan.

Kurz kommt in mir der Gedanke auf, dass mein altes Leben doch Spuren hinterlassen hat, auch wenn ich diese, so gut es damals ging, verwischte. Vielleicht waren seitdem Geschichten um mich gesponnen worden und mein Gesicht war nun so bekannt wie das von anderen Tunichtguten, wer weiß?

Ich wische diese Gedanken schnell beiseite. Ich bin nicht unschuldig, aber auch nicht auffälliger gewesen als andere, als manche meiner Freunde zum Beispiel. Immer diese Angst vor der Meinung anderer, dadurch bleibt man weit unter den eigenen Möglichkeiten, und diese Macht über mich will ich niemandem jemals wieder schenken.

Die *Biblioteka* ist ein Ort, an dem ich mich sicher fühle. Ich weiß, dass mich hier niemand böse anglotzen wird. Zwischen den Büchern, dem Kerzenschein, hinter den Vorhängen aus Rauch bin ich geschützt, und die Menschen, die hierher kommen, sind keine von der stierenden Sorte. Sie sind zur Genüge mit sich selbst beschäftigt und froh, wenn man sie in Ruhe lässt, also gewähren sie diese auch anderen.

Heute hätte ich zwar nichts gegen nette Gesellschaft, aber dazu kommt es nicht. Niemand setzt sich an meinen Tisch, und ich sehe zu wenig in der Dunkelheit, um andere aus dem Nichts anzusprechen. Also trinke ich mein

Bier aus und mache mich, wieder beruhigter, auf den Heimweg. Ein ereignisloser Abend ist besser als zu viel Aufregung, denke ich mir schulterzuckend.

Warum muss denn auch immer was los sein heutzutage. Ständig werden wir von allen Seiten beschallt, wir werden zugeschüttet mit Veranstaltungen, mit Beschäftigungsmöglichkeiten, und dazu kommt das schlechte Gewissen, das man uns macht, wenn wir *nichts* tun. Nichtstun ist eine Kunst, es ist unmöglich. Wenn du nichts machst, dann darfst du doch nicht mal liegen. Wenn du nur am Boden liegst, dann liegst du ja, also machst du nicht nichts. Oder ist mit „nichts tun" gemeint, dass man mit seinem Kopf nichts macht? Wo fängt dieses Nichts an? Ich würde sagen, Sitzen oder Liegen ist mehr Nichts als beispielsweise Gehen oder Laufen. Wenn ich in meinem Bett liege und an die Decke starre, dann starre ich ja an die Decke und mache nicht nichts, oder?

Eine Tür öffnet sich direkt vor meiner Nase.

Beinahe wäre ich dagegen geknallt, so plötzlich sprang sie auf und so tief war ich in Gedanken versunken.

Eine Hand winkt mir hinter dieser Tür zu. Ich hebe reflexartig schon die meine, lasse sie aber schnell wieder fallen – wem winkte ich da auch?

Die Hand sagt: Komm, komm, hereinspaziert, komm, keine Angst, komm, komm schnell. Dann zieht sie sich zurück. Die Tür steht offen, der Raum hinter ihr ist in diffuses Licht getaucht, es duftet nach Sandelholz.

Ich trete näher und spähe vorsichtig in den Raum hinein. Dann öffne ich die Tür ganz. Was ich sehe, entzückt mein Herz.

Dieser wunderliche Raum, in den mich eine fremde Hand eingeladen hat, ist an die vier Meter hoch. Rundherum bis zur Decke stehen in hölzernen Regalen Bücher in allen Farben und Formen, spärlich beleuchtet.

„Hallo? Ist da jemand?", rufe ich in den Raum hinein, doch der verschluckt die Frage und bleibt stumm. Es ist mir, als würden stattdessen die Bücher antworten:

„Wir sind hier. Reicht das nicht? Sieh dich doch um, wir stehen hier nicht zum Vergnügen."

Langsam gehe ich die Regale entlang, streiche mit der Hand über die Buchrücken und lese Titel wie: „Geschichte dieser Stadt", „Boot ohne Wasser", „Vom Dorf zur Metropole" stehen darauf.

„Stadteigene Mythen".

„Hades' Gebote".

„Brot und Spiele".

„Die Unterirdischen Seen".

Ich bleibe verdutzt stehen. Das ist doch das, was die Frauen im Café heute erzählt hatten. Oder besser: Wo sie aufgehört hatten, zu erzählen.

Ich nehme das Buch heraus. Es wiegt mindestens tausend Seiten schwer, der Einband ist aus Leder und sieht hochwertig aus. Das ist es, denke ich. Deswegen wurde ich hier eingeladen. Jemand weiß, dass ich auf der Suche bin nach genau diesen Unterirdischen Seen, auch wenn ich das bis eben selbst noch nicht wusste. Aber die Zeichen sind nicht zu übersehen.

Auf einem der kleinen runden Tische, die im Raum verteilt stehen, öffne ich das Buch. Nichts. Die Seiten sind leer. Fassungslos greife ich nach einem anderen Buch, nach dem nächsten, dem übernächsten. Nichts. In allen die Seiten: weiß.

Diese kleine Bibliothek, deren Regale alle jemals vorhandenen Informationen über die Stadt versprechen, ist nur eine Kulisse, eine Illusion.

Warum hat man mich nach drinnen gelockt? Ist das eine Falle? Panisch blättere ich noch einmal in dem Buch mit dem Titel „Die Unterirdischen Seen". Intuitiv nehme ich es bei beiden Deckeln und schüttle es, als würde ich ihm dadurch all seine Geheimnisse entlocken. Ein Zettel fällt heraus, auf dem in krakeliger, beinahe unlesbarer Schrift diese Worte stehen:

„Ich weiß, warum du hier bist. Die ganze Stadt weiß das. Komm morgen nach Sonnenuntergang hierher zurück. Kein Wort zu niemandem. Sei vorsichtig und mach bis dahin unauffällige Dinge. Nimm dir ein Buch mit. Lass diesen Zettel hier."

DREI

Die Stadt hat sich verändert, sie ist dunkler geworden, unheimlicher.

Die Stimme, die mich in meinen Träumen rief, die mir immer wieder zuflüsterte, ich solle zurückkehren und sie suchen, hat sich noch nicht einmal gemeldet, seit ich wieder hier bin.

Gibt es eine internationale Hotline für Traumstimmen? Oder geht das nur in eine Richtung? Wie gern ich meine Stimme anriefe und ihr mitteilte, wie wenig ich von ihrem Plan halte. Unser Gespräch stelle ich mir in etwa so vor:

Ding ding.

„Hallo, hier ist ihre Traumstimme von gestern Nacht. Was kann ich für Sie tun?"

„Ja, äh, hallo, hier L., wissen Sie, also die, der Sie gesagt haben, ich soll zu Ihnen kommen."

„Na, meine Liebe, natürlich weiß ich, wer Du bist. Sonst hätte ich Dich nicht ausgesucht, oder?

Die Stimme kichert, und ich werde mutiger.

„Weiß ja nicht, vielleicht ist das ja ein Zufallsgenerator, den Sie für Ihre Anrufe nutzen. Einmal durchklingeln und mal schauen, was dabei herauskommt."

„Na, das wärs ja noch. Dafür ist meine Zeit zu wertvoll, und Deine ja wohl auch, nicht wahr? Darf ich fragen, warum Du anrufst, meine Liebe? Nichts für ungut, aber ich habe gleich den nächsten Termin, die Pflicht ruft."

„Freilich, entschuldigen Sie. Äh, also, ich wollte Sie nur wissen lassen, dass ich sehr wenig von Ihrem Vorschlag halte, ich habe es ausprobiert, aber es ist alles sehr seltsam und anders als damals und jetzt möchte ich gern abbrechen und nach Hause, wo auch immer das für mich ist."

„Nana, meine Liebe, ist es wirklich so schlimm? Erstmal möchte ich Dir sagen, dass ich Dich verstehe, es ist anders, aber vielleicht nicht so, wie Du denkst. Du hast Dich ja selbst sehr verändert seit jenen Jahren, in denen Du schon einmal hier warst, nicht wahr, also vielleicht siehst nur Du sie anders, obwohl sie auch damals schon so war? Denk mal drüber nach. Und bitte, gib nicht zu schnell auf. Es lohnt sich, glaub mir. Was auch immer da kommt – ich weiß es natürlich auch nicht ganz, wer meinst Du, wer ich bin, hihi – aber es wird sich lohnen, ich verspreche es Dir. Bitte. So, und nun entschuldige mich, mein nächster Anruf wartet. Alles Gute, ciaaoo!"

Ich schmunzle. Ja, genau so würde es ablaufen. Das ist zwar eine gesprächige Stimme, aber keine, die sich kritisieren oder widersprechen lässt. Und sie ist hartnäckig. Wäre ich ihr nicht bald gefolgt, hätte sie mich so lange angeschrien, bis ich ihr gehorchte.

Ungläubig lachend schüttle ich den Kopf. Spielt F. ein Spielchen mit mir? Wer hält mich hier zum Narren?

Ich lege mein Notizheft beiseite und klettere die Leiter hinab. Auf dem unteren Hostelbett liegt das Buch, das ich gestern aus der mysteriösen Bibliothek mitnahm.

Im Traum heute Nacht waren aus den leeren Seiten verschwommene Gesichter aufgetaucht, sie waren verzerrt vor Angst und Schmerz und riefen immer wieder meinen Namen und Sätze, die ich nur schwer verstand. War das „Kauf, was bange dich umweht" oder „Lauf, solange es noch geht"? War das „Kern sind die Wichte" oder „Lern die Geschichte"?

Alles plausible Vorschläge von Geistern, die mich aus einem leeren Buch rufen.

Den einen aber verstand ich gut. Seine grünblaue Grimasse war der Beweis, dass es sich um einen nichts bedeutenden, im Delirium des vergangenen Tages entstandenen Traum handelte.

Er hatte andauernd vor sich hingezischt: „Triiinken, triiinken! Du musst triiinken, triiinken!" und „Nassss müsssssen sie sssein, lass Wassser über sie kommen wie die Fluut über den trockenen Straaand!"

Was an den Haaren herbeigezogen klingt, ist der Träume geheimnisvolle Gang. Niemand weiß, woher sie kommen, zu welcher Zeit und in welcher Gestalt. Aber sie sind für uns da wie ein guter Freund, der uns, allwissend lächelnd, zunickt und im Gehen noch einmal freundschaftlich auf die Schulter klopft.

Ich verstecke das Buch im Schrank, den ich sorgfältig verschließe, denn ich traute ihm durchaus zu, ansonsten von selbst herauszuspringen und mir zu folgen. Heute Abend bringe ich diese verfluchten weißen Seiten dahin zurück, wo sie herkommen. Ich hoffe sehr, sie sind kein Vorbote für das, was mich in der mysteriösen Bibliothek noch erwartet.

Bis ich dorthin zurückkehre, will ich die „unauffälligen" Dinge tun, die der Zettel von mir verlangt. Doch was ist unauffällig in dieser Stadt? Und wobei vergeht die Zeit so schnell wie möglich, ohne ständig auf die Uhr schauen zu müssen?

Ich beschließe, eines dieser „Fühlhäuser" zu besuchen, von denen F. sprach. Gerne hätte ich sie mitgenommen, doch auch heute habe ich sie nicht erreicht. Unsere Verabredung muss also bis morgen warten. Dann habe ich auch mehr zu erzählen, denn diesmal werde ich mit F. all die seltsamen Dinge teilen, die ich bis jetzt erlebte, und vielleicht kann sie mir weiterhelfen.

Der Himmel heute ist grau, es nieselt und statt Fußgängern begegnen mir Regenschirme auf zwei Beinen.

Eines der Fühlhäuser befindet sich ganz in der Nähe meines Hostels. Vor dem dreieckigen, pinken Gebäude wartet bereits eine lange Schlange an Menschen, die sich aber rasch vorwärts bewegt. Selbst an einem Vormittag scheint dieses Fühlhaus gut besucht zu sein. Gespannt reihe ich mich hinter all den stummen, gebeugt stehenden Menschen ein.

Ich hasse es, nicht zu wissen, wie etwas funktioniert, ich hasse das Gefühl, Anfängerin zu sein, niemand soll erkennen, dass ich neu bin. Der Typ an der Kasse bemerkt das sofort, bleibt aber professionell freundlich.

„Sie sind wohl neu hier? Das macht überhaupt nichts, keine Sorge. Freuen Sie sich lieber, dass Sie das zum ersten Mal erleben dürfen. Es ist zwar jedes Mal wieder schön, aber so aufregend wie beim allerersten Mal wird's wohl nie wieder sein."

Er lächelt mich aufmunternd an.

„Sie gehen jetzt einfach da rein und suchen sich eine freie Kabine. Dann drücken Sie auf den grünen, ich betone, auf den grünen! Knopf und eine Kollegin wird Ihnen weiterhelfen. Fühlen Sie sich wie nie zuvor, fühlen Sie alles, fühlen Sie sich!"

Den letzten Satz hat er laut herausgerufen, sodass es alle in der Schlange hinter mir hören konnten. Es scheint wohl ein Satz zu sein, den er öfters sagen muss, und ja, er ist ihm dramatisch gelungen.

Ich haste zur Eingangstür, um den neugierigen Blicken zu entfliehen. Unauffällig geht anders.

Das Fühlhaus betritt man durch einen schweren, lichtschluckenden Samtvorhang. Auf dem Boden liegt ein dicker, roter Teppich, der alle Geräusche tilgt. Das Gebäude scheint unendlich lang zu sein, weit hinten im Gang steht eine Frau, sie blickt mich stumm an und geht zeitgleich mit mir auf eine der Kabinen zu.

An den schwarz gehaltenen Wänden rechts und links sehe ich tausende von Türen, über jeder von ihnen ein entweder rot oder grün leuchtendes Licht. Grün bedeutet „frei", nehme ich an und öffne eine davon. In dem kleinen, schwarz bemalten Raum vor mir steht ein Stuhl, wie ich ihn vom Zahnarzt kenne. An der Wand dahinter sind allerlei Kabel und Apparaturen befestigt, eine Art Skibrille hängt über der Kopflehne.

Ich setze mich auf den Stuhl und drücke den grünen Knopf an der Wand links von mir. Neben dem grünen leuchtet ein roter und ein weißer Knopf. Der rote wird geschützt durch eine kleine Plastikbox, über der in Großbuchstaben steht: BITTE NUR IM ABSOLUTEN NOTFALL DRÜCKEN. Für den weißen gibt es keine Erklärung.

Kurz bevor ich meine Entscheidung bereue, in dieses Experiment eingewilligt zu haben, öffnet eine zierliche, kleine Frau die Tür meiner Kabine.

„Einen wunderschönen guten Tag Ihnen, schön, dass Sie sich heute für eine Gefühlsreise entschieden haben. Bevor ich Ihnen den Flugapparat anlege, muss ich wissen, wo es heute für Sie hingehen darf. Welcher Gefühle bedürfen Sie heute?", sagt sie so routiniert, wie ich es sonst nur von den Durchsagen in Zügen kenne.

Erst jetzt entdecke ich das Programmheft in einem Fach neben meinem Stuhl. Hektisch schlage ich eine Seite auf. Da steht:

1.   „Zum ersten Mal verliebt sein. Fühlen Sie die Schmetterlinge im Bauch, den ersten Kuss und das erste Mal Händchenhalten. Dieser Sommer geht nie zuende!" - Dauer: 20 Minuten. Energiegewinn: 10/10.

2.   „Tiefe Trauer um eine gute Freundin. Eine ihrer besten Freundinnen ist gestorben. Sie sind auf ihrer Beerdigung und weinen um sie, die Welt fühlt sich heute ein Stück kälter an." - Dauer: 25 Minuten. Energieverbrauch: 8/10.

3.   „Wut. Sie sind so wütend wie noch nie, die roten Flammen in ihren Augen lodern, und Sie stehen kurz vor der Explosion. Diese Energie lassen Sie mit einem Baseballschläger an einem Auto aus." - Dauer: 24 Minuten. Energieverbrauch: 10/10.

Das klingt alles wahnsinnig spannend. Und das ist nur die erste Seite von über 50. Ich spüre die Ungeduld der Mitarbeiterin und nehme einfach das, was mir spontan am meisten zusagt.

„Ähm, also, ich nehme die Nummer 3, bitte."

Die eigene Wut auszuleben, klingt vielversprechend, das dürfen wir sowieso viel zu selten, denke ich vorfreudig.

„Sehr wohl, die Dame. Für eine sichere Reise schnallen Sie sich bitte an." Sie deutet auf die zwei Gurte an meinen Waden und um die Hüfte.

„Als nächstes setzen Sie bitte die Brille auf, das Gummiband muss einmal um die Lehne herum führen, sodass Ihr Kopf gesichert ist. Die Handgelenke müssen wir auch noch befestigen. Dann setze ich Ihnen den Helm auf und es kann losgehen. Bitte drücken Sie, wenn Sie zurück sind und sich erholt haben – Sie dürfen bis zu zehn Minuten nach Ende hier sitzen bleiben -, den weißen Knopf. Ich komme dann und befreie Sie von der Apparatur. Eine wunderbare Reise wünsche ich."

Wut. Ich kenne das Gefühl gut. Wut erfasst mich, wenn ich mich ohnmächtig fühle. Wenn ich mich ungerecht behandelt fühle. Nicht gesehen. Früher, als kleines Mädchen, überkam mich Wut, wenn es nicht nach meiner Vorstellung ging. Dann schmiss ich mich auf den Boden, strampelte mit allen Vieren und schrie. Wenn ich das heute machte, wäre was los, dann lieferten sie mich direkt ein. Aber wo kann ich sonst meine Wut herauslassen? Vor allem als Frau? Da hab ich ja sowieso nicht wütend zu sein. Klar wäre ich gern zu jeder Zeit gelassen, niemand kann mir etwas anhaben, nichts meine Stimmung trüben. Aber ich bin doch kein Roboter. Ich habe Gefühle, und Wut gehört dazu. Es gibt viel zu viel auf dieser Welt, das Grund gibt, wütend zu sein.

Ich weiß nicht, wie und warum, aber ich spüre eine Wut in all meinen Gliedmaßen, ich bin so wütend wie noch nie. Ich sehe rot, das Feuer verteilt sich im ganzen Körper. Jetzt erst bemerke ich den Baseballschläger in meinen Händen, ich befinde mich auf einem Schrottplatz, vor mir steht ein zerbeultes Auto. Ich gehe ein paar Schritte auf das Auto zu, schwinge den Schläger und zerschlage die erste Scheibe.

Verbrannte Erde

Feuer breitet sich aus
von den Fingern bis in die Ohrenspitzen,
rot die ganze Welt.

Ich spucke Flammen,
bis alles um mich herum verbrannt ist,
schwarzes, unfruchtbares Land.

Was löst diese Wut aus?
Wie kann ich mich zähmen?
Ich verbrenne innerlich.

Keine Kraft mehr,
ständig gegen mich selbst zu kämpfen.

Wo ist das erlösende Wasser,
womit das Feuer für immer erlischt?
Wie kann ich sie als
Quell der Wärme
statt der Zerstörung nutzen?

Außer Atem und mit schweren Armen liege ich auf dem Stuhl in der schwarzen Kabine. Ich höre, wie die Schläuche an meinem Helm ihre Arbeit einstellen und es ruhig wird. Die Schienen um meine Handgelenke öffnen sich, also drücke ich den weißen Knopf und warte.

Was für eine Erfahrung.

Alles fühlte sich so echt an. Ich habe alles, was an Wut in mir war, an dem alten Auto ausgelassen. Was für eine Kraft ich entwickeln kann, beeindruckend. Ich fühle mich so entspannt, auf der Stelle könnte ich einschlafen.

Meine zugewiesene „Fühlbegleiterin" kommt herein, fragt, ob alles in Ordnung sei, und entfernt den Helm.

„Alles in Ordnung, wunderbar", antworte ich wahrheitsgemäß, denn ich fühle mich so ausgeglichen wie lange nicht mehr.

Ich drücke der Frau ein Trinkgeld in die Hand und verlasse das Fühlhaus. Beim Hinausgehen höre ich aus den anderen Kabinen Schreie der Angst und der Lust, ich höre Menschen stöhnen und kichern, schluchzen und wutschreien. Ob auch ich so laut war?

Draußen auf der Straße atme ich tief durch. Das war intensiv.

Die anderen Besucher, die das Fühlhaus verlassen, scheinen ebenfalls auf ihre Kosten gekommen zu sein. Sie lächeln zufrieden, gehen aufrechter, manche hüpfen sogar.

Gefühle zu fühlen ist wie ein Rausch, und berauscht wirken sie. Das Leben ist in sie zurückgekehrt, wenn auch nur für einen kurzen Moment.

Dann gehen sie ihres Weges, in die Arbeit oder nachhause, wo sie sich bald wieder fühlen wie lebendig begraben: stumpf, betäubt, jeden Tag der gleiche Ablauf, beschallt von Bildern und Worten, ohne Gefühle, Träume, Hoffnung.

Hungrig suche ich die nächstgelegene Milchbar auf und bestelle dort eine Rote-Bete-Suppe und panierten Fisch mit Kraut- und Kartoffelsalat. Heute ist es noch früh und ich bin der erste Gast. Mit meinem *kompot* setze ich mich an einen Tisch am Fenster und warte auf mein Essen. Kurz darauf ruft die Frau am Tresen laut „Rote-Bete-Suppe" und ich hole sie ab.

Wie gut ein Löffel warme Suppe tut. Die Welt wirkt mit einem Mal wieder herzlich und einladend, alles wird gut, fühle ich zuversichtlich.

Als ich mich gerade mit meinem Hauptgericht hinsetze, geht die Tür der Milchbar auf und eine Gruppe lauthals gackernder, gutaussehender junger Menschen tritt ein.

Eine Frau mit zum Pferdeschwanz gebundenen Haaren ruft in Richtung Tresen:

„*Serwus*, Tante Maria, wir sind's mal wieder! Wie geht's dir und der Familie daheim? Dasselbe wie immer, bitte, dankee!"

Tante Maria, die vorhin noch mürrisch war, nickt lächelnd, gibt die Bestellung nach hinten in die Küche weiter und schenkt allen *kompot* ein.

In dem Moment, als sich die Frau zu ihrer Freundesgruppe setzt, hüpft mein Herz vor Aufregung. Schnell blicke ich zu Boden, erschrocken und erfreut zugleich. Ich will nicht, dass sie mich auch erkennt, zumindest noch nicht.

Viel zu oft habe ich an sie gedacht, und gleichzeitig gehofft, ihr nicht begegnen zu müssen. Oder habe ich es mir insgeheim gewünscht?

Diese Frau steht für mein früheres Leben, das ich mit meiner Abreise hoffte, hinter mir zu lassen. Sie steht für mein altes Ich, und es macht mir Angst, wie sehr ich mich über ihren Anblick freue. Viele Nächte feierten wir damals durch und erlebten dabei so einiges, das ich bis gerade eben erfolgreich verdrängte. Allein das Leben zwingt uns, uns zu erinnern, vor allem der wichtigen, schmerzhaften Dinge.

Gibt es Zufälle? Diese Begegnung wirkt erfunden, passend zu meinen nicht vorhandenen Plänen. Wieso dann nicht eine alte Bekannte treffen und verheilt geglaubte Wunden aufreißen? Wie praktisch.

Ewa[1], so heißt dieses Wunder an Frau, ist eine jener dauerfröhlichen Frauen, um die stets eine große Freundesschar herumwimmelt, und allein sich in ihrem Dunstkreis aufhalten zu dürfen, bedeutet für die meisten schon, ein erfülltes Leben zu führen. Behaupten zu können, man kenne Ewa, man sei sogar gut befreundet, öffnet einem in dieser Stadt viele Türen. Ewa *ist* jemand, und das weiß sie auch. Dabei ist sie so charmant, so einladend herzlich, dass man schnell vergisst, wie prominent sie ist.

---

[1] Name geändert aus Sicherheitsgründen.

Ich erkenne sogleich die Chance, die sich hier auftut, auch wenn mir diese Gute-Laune-Leute immer ein wenig Angst einjagen. Aber wenn ich mich mit ihnen sehen lasse, dann ist das das Unauffälligste, was ich in dieser Stadt tun kann. Und das wäre doch ganz nach dem Wunsch des Zettels von gestern Abend.

Ich esse schnell auf und warte kurz, bis auch die anderen ihr Essen bekommen haben, bevor ich an deren Tisch trete.

„Hej, Ewa", sage ich und tippe ihr auf die rechte Schulter.

Ewa dreht sich um.

„Wie geht's? Lang nicht mehr gesehen", grinse ich sie an.

„Hej. Heej. L.? L.!"

Sie springt auf und umarmt mich. Ich habe ganz vergessen, wie schön Ewas Umarmungen sind.

„Du bist wieder da? Wo warst du denn so lange? Du bist damals einfach verschwunden! Wie schön, dich zu sehen, wir müssen uns *alles* erzählen! Leute, darf ich vorstellen: Das ist meine Freundin L., wir kennen uns schon seit Uuurzeiten! Und L., das sind Krysia, Patryk, Marta, Michał und Ania, ein paar meiner engsten Freunde mittlerweile."

Sie strahlt mich an. „Los, worauf wartest du, setz dich zu uns!"

Also hole ich mir einen Stuhl und nehme in diesem Kreis auf mich gerichteter, erwartungsvoller Augen Platz. Es ist jetzt an mir, etwas zu erzählen, aber das macht mir nichts aus. Hauptsache, ich kann mit diesen Menschen ein paar Stunden verbringen, da gebe ich gern etwas von mir preis. Geben und Nehmen, so lautet nun mal das ungeschriebene Gesetz der Freundschaft.

Erstaunlich, wie problemlos mir eine Geschichte über die Lippen fließt, die im richtigen Maße Wahrheit und Lügen, Zuviel und Zuwenig vermischt. Ich könnte diesen mir fremden Menschen auf keinen Fall alles erzählen, sie glaubten es sowieso nicht, und außerdem will ich unbedingt „normal" wirken.

Nur wenige kennen L.s Gründe, warum sie damals die Stadt verließ. Ich werde es nicht ohne ihre Erlaubnis weitererzählen. Nur so viel: Manchmal gibt es diese Momente, in denen man einfach weiß, dass eine Zeit endet. In denen man gehen muss, denn jedes weitere Verharren auf der Stelle zöge ungute Folgen nach sich. L. war nicht die L., wie wir sie jetzt kennengelernt haben, sie war verloren, wusste nicht, wohin, hatte sich auf üble Leute eingelassen. Sie trank jeden Tag, sie schlief jede Nacht in einem anderen Bett, und wäre sie nicht aus der Stadt geflohen, könnte ich heute wohl nicht mehr von ihr erzählen.

„Das ist echt so krass, L. Danke, dass du das mit uns geteilt hast."

Ewa und ihre Freunde sind still geworden. Ich bemerke ihr Unbehagen, dabei habe ich die Geschichte sowieso in Watte gebauscht, grob gekürzt und um ein paar Notlügen ergänzt.

Ich muss schnell die Stimmung aufhellen.

„Ja, ich weiß, starker Tobak, aber ich denke, ich habe damals etwas überstürzt reagiert, auch wenn das jetzt keine Rolle mehr spielt. Ich wollte nur erklären, warum ich mich nie verabschiedet und gemeldet habe. Was haltet ihr als Wiedergutmachung für diesen Stimmungskiller von einer Runde in Ewas und meinem damaligen Lieblingscafé? Ich bezahle!"

Ich weiß doch, was einem bei diesen Leuten Sympathiepunkte einbringt.

„Jaa, sehr gute Idee!"

„Juhu, daran hatte ich auch schon gedacht!"

„Ein paar Kurze schaden jetzt nicht…"

„Haha, ich seh' schon, du warst nicht ohne Grund so gut mit Ewa befreundet, haha!"

Wir verlassen die Milchbar, nachdem Ewa ihrer Tante noch schnell ein Bussi auf die Wange gegeben hat. Sympathien zu sichern, ist schließlich ihr Geschäft.

Auf dem Weg zum Café beobachte ich Ewa, die mit ihrer Clique herumalbert, immer wieder Menschen auf der Straße grüßt und ein paar Mal für ein kurzes Gespräch stehen bleibt, um sie nach ihrem Befinden oder sonstigen Angelegenheiten zu fragen.

Es ist, als kenne Ewa die ganze Stadt, und auf jeden Fall kennt diese sie, sie zieht die Blicke auf sich.

Meine Gefühle für diese Frau sind ambivalent.

Einerseits verbindet mich mit ihr diese zwar lustige, aber selbstzerstörerische Zeit, in der ich wohl, wenn ich ehrlich zu mir bin, nur eine von vielen Partybekannten war, auch wenn ich uns immer als engere Freunde gesehen habe. Aber vielleicht ist genau das Ewas Geheimnis: Sie gibt jedem Menschen das Gefühl, er sei der Einzige, der für sie zählt.

Das hat aber auch zur Folge, dass ich nie verstanden habe, wen Ewa wirklich mag, sie lässt niemanden ganz an sie heran. Hinter der schönen, einladenden Fassade dieses Hauses liegen Räume, die niemand jemals gesehen hat. Wer es wirklich wagt, uneingeladen in die offene Haustür zu treten, prallt gegen eine unsichtbare, undurchsichtige Wand. Ewa gelingt das Zauberstück, jedem Menschen die tiefsten Geheimnisse zu entlocken, sodass dieser meint, sie verbinde eine wunderbare Freundschaft. Nur die wenigsten bemerken früher oder später, dass Ewa nie etwas Persönliches von sich erzählt.

Ein wenig war ich immer schon eifersüchtig darauf, wie einfach Ewa sich in die Herzen anderer lachen konnte. Ihr war es nie schwer gefallen, Freunde zu finden, sie musste nie lange herumtelefonieren, bis jemand für sie Zeit hatte. Sie musste eigentlich nie jemand anrufen, das lief immer umgekehrt.

Manchmal verschwand Ewa für einige Tage, dann hieß es, sie habe die Stadt verlassen für eine Auszeit mit einer ihrer Affären, die fast immer ranghohe Politikerinnen oder wichtige Männer der Stadt waren.

Ewa schien alles in die Hände zu fallen, was sie sich wünschte, sie schien alles zu erreichen, was sie sich vornahm, und niemand schien sie nicht zu mögen. Sie wirkte wie ein durchweg positiver, optimistischer Mensch, ihre gute Laune schien nichts und niemand trüben zu können.

Damals und wahrscheinlich auch heute noch war sie vielen Mädchen und Frauen ein Vorbild, denn sie ließ sich von niemandem etwas sagen, vor allem nicht von Männern. Sie schien sich auch nicht um gesellschaftliche Erwartungen an ihr Geschlecht zu kümmern, und wen interessierte schon, was „Frauen in ihrem Alter" normalerweise taten? „Aus dem Sein folgt kein Sollen" war einer ihrer Lieblingssprüche.

Ich bezweifle, dass das Haus so perfekt ist wie seine Fassade, das ändert aber nichts an meiner heimlichen Bewunderung. Ich wünschte mir oft wenigstens ein Scheibchen von Ewas Leichtigkeit im Umgang mit anderen Menschen.

Diese Leichtigkeit habe ich noch nie verspürt, und ich weiß nicht genau, wie ich es ausdrücken soll, aber selbst, wenn ich in einer Gruppe von mir lieben Menschen bin, fühle ich mich immer noch wie eine Außenseiterin, wie eine Beobachterin, die nie ganz „dazu" gehören wird. Deshalb habe ich so viel getrunken, deshalb habe ich so verzweifelt versucht, dieses Gefühl zu übertünchen, mit welcher Form der Ablenkung auch immer.

Jetzt kommt mir die Rolle der aufmerksamen Beobachterin allerdings zugute: Ich spüre die Masken, ich spüre aufgesetzte Stimmungen, und ich erkenne den Moment, wann es Zeit ist zu gehen.

Von Ewa oder ihren Freunden etwas über die „Unterirdischen Seen" oder die seltsamen Vorgänge in der Stadt zu erfahren, ist unwahrscheinlich. Entweder wissen sie etwas davon, würden es mir aber nicht verraten, oder sie haben in ihrer beneidenswerten Unbeschwertheit keine Ahnung.

Im Café angekommen, bestellen die anderen Cocktails an der Bar und ich bezahle.

Hier ist es noch immer so schön und bunt, wie ich es in Erinnerung behalten habe. Kein Stuhl und kein Tisch gleichen sich, sie sind alle von unterschiedlicher Form, Größe und Farbe. Dort steht eine kleine Couch, da drei Ministühle für Kinder und drüben ein Sitzsack. Ewa und ihre Clique haben sich auf dem kleinen Podest in der Mitte niedergelassen, dort, wo die gemütlichsten Sitze stehen.

Auch ich nehme auf einem der Sessel Platz, als beginne ich gleich mit der Erzählstunde. Doch meine Zeit ist vorbei, ich lausche nur.

„Patryk, jetzt sag doch mal, wer ist der Neue in deinem Leben? Wir wollen aalles wissen!"

„Ja genau, Pat, lass dir doch nicht alles aus der Nase ziehen, hehe, was machst du denn so ein Geheimnis draus?"

„Hej Ania, hast du schon die neue Kollektion von Kasia gesehen? So mega tolle Outfits, da muss ich heute noch hin, brauche eh noch was für morgen Abend."

„Habt ihr schon gehört? In der OFF hat ein neuer Klub aufgemacht, nur mit Einladung, sehr nice. Zuufällig hab ich noch ein paar, ich kenn ja die Besitzerin."

„*Spoko*, lass da hin, am besten heute Abend. Ich bekomme später noch Besuch und wollte denen zeigen, was unsere Stadt so drauf hat."

„Ewa, kannst du deine Beziehungen spielen lassen und ein bisschen Werbung machen? Wäre super, hab ich der Besitzerin versprochen."

„Soso, hast du das. Du hast doch schon wieder amouröse Erwartungen, haha. Aber ja, ist gut, mache ich. Wenn ihr alle mitkommt?"

Ewa strahlt mich erwartungsvoll an, und ich nicke mit der mir möglichen Begeisterung. Ich kann ja schlecht sagen, ich hätte wichtigere Dinge vor als zu feiern. Eine

solche Aussage hätte sofort die wenigen Sympathien ver-
spielt, die ich hier habe.

Das lockere Geplänkel geht weiter, doch ich höre nur
noch mit halbem Ohr hin. Das meiste betrifft sowieso
Menschen, die ich nicht kenne, und Veranstaltungen, auf
denen ich nicht war.

Eine Frage will ich allerdings noch loswerden, bevor
ich aufbreche. Nicht mehr lange bis Sonnenuntergang, da
kann ich das Risiko schon eingehen, mich etwas unbeliebt
zu machen, denke ich. Obwohl ich das auch schon mit
meiner Geschichte vorhin getan habe, zumindest betrachten die anderen mich seitdem abschätzig, sogar mitleidig.
Alle außer Ewa, die sich nichts anmerken lässt.

Egal, denke ich, nach dem Motto eines der größten Phi-
losophen dieser Stadt.

„Kann ich euch mal was fragen?", beginne ich vorsichtig, als gerade eine Pause in der Unterhaltung eingetreten
ist, weil alle an ihrem Getränk nippen.

Die anderen nicken mir neugierig lächelnd zu.

„Ich bin ja praktisch neu hier. Es hat sich vieles geändert, seitdem ich zurück bin, oder mein Blick auf die Stadt
ist anders, ich weiß nicht. Aber mir sind einige Dinge besonders aufgefallen. Diesen Nebel zum Beispiel finde ich
so unheimlich. So dicht wie hier habe ich noch keinen Nebel erlebt. Habt ihr auch oft das Gefühl, dass er, wenn ihr
euch länger in ihm aufhaltet, in euch hineinkriecht und
sich zwischen euren Ohren, hinter den Augen, in Armen
und Beinen festsetzt? Sogar in mein Herz kriecht er dann,
und meine Lungen sind voll von ihm. Seit meiner Ankunft
hier und nach den regelmäßigen Spaziergängen durch den

Nebel bin ich abends so unglaublich müde, ich falle regelrecht ins Bett und bin halbtot bis zum nächsten Morgen. Und dann sind da jede Nacht diese unheimlichen Albträume, solche hatte ich noch nie. Geht euch das auch so mit dem Nebel?"

Ich betrachte einen nach dem anderen. Sie sehen aus, als hätte ich eine Gruselgeschichte erzählt. Ich habe mal wieder die Stimmung gekillt.

„Ähm, L., das klingt gar nicht gut. Vielleicht solltest du dich mal untersuchen lassen. Normalerweise hat der Nebel die gegenteilige Wirkung. Bei uns zumindest."

„Ich hab' schon von Fällen wie dir gehört, die sind aber früher oder später eingewiesen worden. Die haben das alle nicht lange mitgemacht."

„Ja, so klingt das tatsächlich, du, das ist nicht normal. Wir gehen richtig gern im Nebel spazieren, er ist für uns wie der Nebel auf der Tanzfläche. Da passieren die besten Dinge, hehe."

„Wenn wir den Nebel einatmen, sind wir, je nach Grundstimmung, voll fröhlich, super zufrieden, absolut entspannt. Ist doch so, oder?"

„Ja, jede Nacht gehen wir mit dem Gefühl ins Bett: Alles ist gut, mir geht's gut, ich freu mich auf morgen. Und so geht es – abgesehen von ein paar Ausnahmen – allen Stadtbewohnern."

„Das gibt's doch nicht", staune ich. „Was ist dann mit mir verkehrt? Bin ich vielleicht allergisch auf den Nebel, oder was ist da los?"

„Das kann gut sein. Oder du hast die falsche Einstellung. Bist du gerne in unserer Stadt oder hast du einen heimlichen Groll? Willst du der Stadt Gutes oder planst du etwas gegen sie?"

„Lass dich nicht veräppeln, L.", versucht Ewa mich zu beruhigen. „Dafür gibt es bestimmt eine einfache Erklärung. Vielleicht musst du noch ganz ankommen und es war einfach alles ein wenig viel bisher? Klar hat sich nach so vielen Jahren einiges geändert, vielleicht musst du das noch verdauen. Aber jetzt sind ja wir hier, dein Gute-Laune-Team, wir zeigen dir schon, wie schön die Stadt wirklich ist."

Da ist sie wieder, die Gute-Laune-Ewa, in deren Gegenwart alles heller erscheint.

„Ist dir sonst noch was aufgefallen? Du hast von mehreren Dingen gesprochen."

„Ach nein, jetzt, wo du es sagst, liegt das bestimmt an meinem schlechten Start. Ich bin ja auch nicht in der besten Verfassung zurückgekommen, das macht sicher was aus."

Davon bin ich wirklich überzeugt, bis mir die Verabredung nachher mit der oder dem Unbekannten einfällt. Vielleicht war das aber doch nur ein Traum? Ich habe den ominösen Zettel schließlich nicht mitgenommen, wie man eben aus einem Traum nichts mitnehmen kann.

Nach einer weiteren halben Stunde lustigen Gepänkels – zum Glück ist die Stimmung wieder auf Höchstniveau – verabschiede ich mich von meinen altneuen Freunden und versichere, bei dem Abend im neuen Klub auf jeden Fall dabei zu sein. Hätte ich gewusst, was mir bis dahin noch begegnete, wäre ich wohl lieber bei diesen unbeschwerten, ahnungslosen Menschen geblieben.

Die Sonne steht tief und berührt bereits die Spitzen der ausgedienten Schlote, die einst für Ruf und Reichtum der Stadt sorgten. Die Fabriken von damals, die überwiegend Textilien herstellten, hat man vor Jahrzehnten schon in die Außenbezirke verlagert.

Städte sind heute darauf angewiesen, ein gutes Bild abzugeben, und verrußte Häuser, dreckige Luft und Arbeiterkolonnen bewirken das Gegenteil. Bewohner und Besucher einer Stadt wollen schließlich nicht daran erinnert werden, woher das Schöne kommt, sie wollen es sehen und spüren und kurz ihren eigenen, hässlichen Alltag vergessen.

Abseits der einen Prachtstraße, auf der die ganze Stadt flaniert und konsumiert, dürfen die Häuser aussehen, wie sie wollen, die Straßen haben Löcher so groß wie Badewannen, alles ganz egal. Was zählt, ist der Stolz der Stadt, die Lange Straße, und wer sich dort aufhält, zieht sein bestes Gewand an und nimmt den dicksten Geldbeutel mit, denn wer will schon als verlumpt und geizig gelten?

Auf dieser Straße nun spaziere ich in die Richtung der mysteriösen Bibliothek. Der Nebel kriecht bereits aus den Kanaldeckeln und wabert um meine Knöchel, als greife er mich mit seinen grauen Händen, um mich aufzuhalten.

Von wegen, das sei ein harmloses Wetterphänomen, denke ich, da können mir die anderen erzählen, was sie wollen. Mich behandelt er wie einen Eindringling, der aus dem System entfernt werden muss.

Als ich an meinem Ziel ankomme, ist die Sonne bereits untergegangen. Sollte ich mich bemerkbar machen? Frage ich mich gerade, da schlägt eine ferne

Kirchturmuhr die volle Stunde. Dies scheint das verabredete Zeichen zu sein, denn in diesem Augenblick öffnet sich die rote Tür.

Ich erwarte erneut eine winkende Hand und erschrecke beinahe, als noch dazu ein Kopf herausschaut.

„Hejjj, du, ja du, schnellschnell, hereinspaziert, wir wollen da drin nicht auch noch Nebel haben, nicht wahr? Hihi. Davon hab' ich hier drin schon genug."

Die Frau tippt sich an den Kopf und hält sich dann kichernd die Hand vor den Mund. Sie öffnet einladend ihre Tür.

„Worauf wartest du noch?"

Ich weiß nicht, was ich erwartet habe, aber das wohl nicht. Der Raum, den ich betrete, ist nicht mehr derselbe wie gestern.

Gestern bestand er aus Regalen bis zur Decke, gefüllt mit Büchern, deren Titel Geschichten über die Stadt versprachen, deren Seiten jedoch leer waren.

Heute ist es ein gemütlicher Raum mit Kamin, davor ein Sofa und zwei Sessel. Auf dem Tisch in der Mitte steht eine Kanne dampfenden Tees und eine Schüssel mit Keksen. An den Wänden befinden sich noch immer Bücherregale, aber ich traue mich nicht, nachzuprüfen, ob die Seiten heute bedruckt sind.

„Kannst ruhig nachsehen, die Bücher sind nicht mehr leer, hihi. Guter Schachzug, nicht? Ich wusste schließlich nicht, wer die Person ist, die meine Wohnung betritt, da kannste heut nicht vorsichtig genug sein."

Die Frau betrachtet mich neugierig.

„Komm, mein Kindchen, setz dich doch, setz dich doch, ich hab schon alles vorbereitet für meine kleine

Geschichtsstunde. Du lauschst, ich erzähle, am Ende kannst du Fragen stellen. Klingt das gut?"

Ich nicke nur und setze mich in einen der Sessel. Man, ist der kommod.

Ich bin so baff, dass ich kein Wort mehr herausbringe, doch meine Antwort wird obsolet, denn die Frau verschwindet in einem der anderen Zimmer.

Ich sehe mich um.

In der einen Ecke steht ein Schreibtisch, darauf einige Bücherstapel und ein paar Blatt Papier. Es sieht aus, als hätte gerade noch jemand daran gearbeitet. Rechts neben der Haustür geht es in einen langen Gang mit mehreren grünen Türen. Aus dem einen Zimmer höre ich die Frau mit Geschirr klappern und rufen: „Ich komme sofort!"

Zwischen den Bücherregalen hängen abstrakte und surreale Bilder, unmöglich zu sagen, was sie darstellen. Überall stehen und wachsen riesige Pflanzen, die aus dem Raum eine Art botanischen Garten machen.

Grünes und Bücher, dazu der Duft von Sandelholz – das ist ganz nach meinem Geschmack, und ich bin sehr gespannt, was diese Frau mir erzählen wird.

Als sie sich endlich auf das Sofa setzt, die Beine überkreuz, betrachten wir uns zunächst eine Weile.

Die Frau, deren Namen ich noch immer nicht weiß, ist an die fünfzig Jahre alt. Ihre großen, grünen Augen liegen in einem fein geschnittenen Gesicht mit tiefen Lachfalten. Ihre langen, grauen Haare sind zu einem Zopf geflochten, sie trägt weite grüne Hosen und ein grünes Hemd mit weiten Ärmeln. An den Händen trägt sie mehrere Ringe, einige mit grünen Steinen, und an ihren Ohren baumeln kunstvolle Ohrringe.

Toller Stil, ich liebe die Frau jetzt schon, denke ich, und blicke etwas beschämt auf mein eigenes, wenig originelles Outfit. Ich habe nur eine meiner älteren Jeans und einen weiten Pulli an, gemütlich muss die Kleidung sein, gerade, wenn ich den ganzen Tag unterwegs bin. Der Frau scheint das nichts auszumachen, wieso auch, sie blickt mich begeistert an.

„Alles gut, Liebes? Fühl dich ruhig wie zuhause, ich bin froh, endlich mal Besuch zu haben, ehrlich. Ach du meeine Güte, ich hab mich ja noch gar nicht vorgestellt, nicht wahr? *Ojejku*! Also, du kannst mich, wie der Rest der Stadt, die ‚Grüne Frau‘ nennen, ist natürlich kein Name, mit dem man jemanden ansprechen mag. Ich erinnere mich, meine Mutter nannte mich einst Zora, auch ein schöner Name, findest du nicht? Bedeutet ‚Morgendämmerung‘, weil sie wohl die Hoffnung hatte, mit mir würde sich einiges ändern, hihi. Eine solche Bürde Kindern aufzulasten, also nein."

„Frau Zora, ich freue mich. Ich bin die L."

„Jaaa, entschuldige, dass ich dich auch gleich duze, aber ich habe das Gefühl, wir kennen uns eeewig. Meine Mutter hat mir von dir erzählt, du kennst meine Mutter?"

Ich schiebe meine Unterlippe nach vorne und schüttle den Kopf.

„Nicht, dass ich wüsste."

„Doch, doch, du hast sie gestern kennengelernt. Im Café! Mit ihren Freundinnen. Sie sind wohl etwas schnell hinausgestürmt, ganz typisch für die, so ein dramatischer Auftritt. Aber meine Mutter hatte das Gefühl, sie habe schon zu viel erzählt, und das ist wirklich gar nicht gut für ihren Ruf. Deshalb hat sie mir das überlassen, den Rest zu erzählen, gut, was? Weißt du, sie spielt eben eine wichtige Rolle in dieser Stadt, sie tut so, als wüsste sie nichts und als wäre sie auch an nichts interessiert, außer Gerüchte über Bekannte zu streuen. Aber: Sie ist eine der wenigen, die hier alles über jeden weiß. Die große Geheimnishüterin oder besser: Geschichtenhüterin, ein lebendiges Buch. Mit ihrem Kreis an Vertrauten saugen sie in Cafés und anderen öffentlichen Orten alles in sich auf, sie sind die guten Zuhörerinnen, bei denen viele denken, ach, die vergessen das sowieso gleich wieder, diese alten Frauen. Tja, wenn man uns Frauen schon unterschätzt, dann sollten wir das auch ausnutzen, nicht wahr? Hihi. Aber genug von meiner Mutter. Ich erzähle dir heute, wie gesagt, ein wenig von den Unterirdischen Seen und dann auch von mir. Warum ich mich verstecken muss. Und warum das auch etwas mit dir zu tun hat. Trink bitte den Tee, der befreit dich vom Nebel, glaub mir. Danach fühlst du dich wie neugeboren."

Die Grüne Frau löst ihren Schneidersitz auf und streckt die Beine auf dem Sofa aus. Den Bleistift in ihrer Hand steckt sie wie eine Zigarette in den Mund und zieht ein paar Mal daran.

„Mhmm, wo soll ich anfangen, lass mich überlegen. Vom Verschwinden des Wassers haben sie dir erzählt, ja?"

Ich nicke.

„Und von der Großen Schatzsuche?"

Von den vielen Geschichten um das Verschwinden des Wassers hielt sich eine hartnäckig: Der Fluss war darin in das unterirdische Höhlensystem der Stadt abgetaucht, das Wasser hatte sich wie ein Maulwurf mit seinen kräftigen Händen den Weg hinunter freigeschaufelt.

Es befand sich nun unter anderem in einer der größten Höhlen, und – das war der wichtigste Teil der Geschichte – umgab einen riesigen Schatz. Manchen Einwohnern nach sogar der größte Schatz der Welt, mit so hohen Bergen an Gold und Diamanten, wie sie noch keiner jemals gesehen hatte.

Gold und Silber, schön und gut, doch die Besonderheit dieses Schatzes, so munkelte man, liege in dem gewissen Etwas, das sich für jeden, der ihn fand, unterschied. Das, was sich ein Mensch in der unergründlichen Tiefe seines Herzens wünschte, sollte durch den Schatz in Erfüllung gehen.

Diese Geschichte war laut, und je lauter eine Geschichte war, desto mehr Menschen hörten sie. Wer träumte nicht von unermesslichem Reichtum, von einem Ende der Geldsorgen, der alltäglichen Nöte? Und welcher Mensch hatte auf dem Grunde seines Herzens keinen Wunsch?

In den darauffolgenden Jahren, nachdem die Geschichte des Unterirdischen Sees sich herumgesprochen hatte, begann die größte Schatzsuche der Welt. Nie zuvor und nie danach hatte die Stadt so viele Menschen beherbergt, jeden Tag kamen ihrer tausende an den Bahnhöfen an und begannen mit der Suche.

Am Anfang versuchten sich viele einfach in den Erdboden zu graben, doch das wurde bald von der

Stadtverwaltung verboten, denn die dadurch entstandenen Löcher waren nicht nur eine Gefahr für Leib und Leben, sie verunstalteten auch das Bild der Stadt.

Der Ruf dieser war schon immer schlecht gewesen, von Anfang an erzählten sich die anderen Städte, wie gierig und grausam ihre niveau- und kulturlosen Banausenbewohner seien, deren einziger Lebensinhalt die Arbeit wäre. Und jetzt kam da dieser angebliche Schatz hinzu, den es ja sowieso nicht gebe, höhnten sie, das sei nur eine grässlich kluge Strategie, die Besucher abzuzocken.

Es kann nicht geleugnet werden, dass die Einwohner der Stadt die vielen Gäste auszunutzen wussten. Die brauchten schließlich ein Bett und etwas zu essen, und wer konnte ihnen da einen Vorwurf machen, wenn sie bei einer so hohen Nachfrage die Preise erhöhten? Von irgendetwas muss der Mensch ja leben.

Die Kneipen waren gefüllt mit philosophierendem, argumentierendem, verschwörerischem, aufklärendem, prahlendem, warnendem Geflüster, Geschrei, Getuschel, Geplärre, Gemunkel und Gestöhn. Teilweise sah man in den verrauchten Gaststuben nicht mehr als sein Gegenüber, wenn überhaupt; die Luft war getränkt vom Schweiß, von alkoholischen und sonstigen körperlichen Ausdünstungen, vom Zigaretten- und der feineren Herren Zigarrenrauch; dazu kam der Geruch von heißem Fett, Kaffee und verbranntem Brot. Das war nicht nur eine Schatzsuche, das war das größte Volksfest der Welt.

Viele Menschen allerdings, die zwar den Schatz als Grund für ihren Aufenthalt in der Stadt angegeben hatten, suchten gar nicht nach ihm. Sie hatten im Laufe ihres Besuchs auch so gefunden, was sie wollten, seien es neue

Geschäftspartner, Gefährten, Arbeit oder die Liebe. Eine Schaufel mitzunehmen, gehörte bei Ankunft zwar noch zum guten Ton, gereichte jedoch bald nur noch als schickes Schmuckstück.

Wer aber doch den Schatz finden wollte, und das waren immer noch viele, dem machte es die Stadt nicht leicht.

Diejenigen, die scheiterten, erzählten, es sei das Wasser selbst gewesen, das sich ihnen in den Weg gestellt habe; bei anderen war es der Schatz, dessen Fluch jeden, der auch nur in seine Nähe kommen wollte, körperlich oder geistig krank machte.

Wieder andere behaupteten, die Stadtwärter hätten sie eingesperrt oder bedroht, keine weiteren Schritte in Richtung des Schatzes zu unternehmen, man habe sie aus der Stadt verbannt oder rund um die Uhr überwachen lassen.

Bis heute weiß niemand, was davon die Wahrheit war. Wahrscheinlich stimmt von allem ein bisschen; gesichert ist die Tatsache, dass es schwer bis unmöglich war, einen Weg nach unten zu finden, und die Stadt es ungern sah, wenn jemand auch nur daran dachte, es zu versuchen.

Nun könnten wir das Ende der größten Schatzsuche der Welt schreiben, als schließlich niemand mehr in die Stadt kam und diese wieder der seelenlose, düstere Ort wurde, der er seit dem Verschwinden des Wassers geworden war.

Das wäre ein Ende, das verdunstet wie der letzte Rest einer Pfütze im sommerlichen Sonnenschein: als hätte sie nie existiert.

Doch das Wasser der Pfütze befindet sich nun überall, es schwebt in der Luft, die wir atmen, ist nie ganz weg. So ist es auch mit der Geschichte über die Unterirdischen Seen: Sie war nie vergessen, die Einwohner flüsterten sie sich heimlich zu oder erzählten sie ihren Kindern zum Einschlafen wie ein Märchen.

Noch immer gibt es jene Menschen, die die Suche nicht aufgegeben haben. Sie sind zumeist Einzelgänger, die die einsamsten und gefährlichsten Orte der Erde durchwandert haben, immer auf der Jagd nach neuen Herausforderungen.

Der unterirdische Schatz unvorstellbarer Dimensionen, behütet von der Stadt und geschützt durch Flüche und Geister, kitzelt sie in ihren Abenteurerherzen. Schließlich gibt es jene Erzählungen von Menschen, die den Weg nach unten fanden.

Doch genauso viele gibt es, die danach verschwanden, verschluckt wie von ebenjenem Erdboden, in den sie sich freiwillig begaben.

Diejenigen, die an die Oberfläche zurückkehren, können sie nicht mehr nach dem Weg fragen. Niemand bringt etwas aus ihnen heraus. Zerlumpt und zerfetzt sitzen sie eines Tages grinsend und vor sich hinstarrend auf einer Parkbank, sprechen nie mehr ein Wort oder nur noch in Rätseln, manche drücken sich nur in bunten Bildern oder schwer verständlichen Gedichten aus.

So erzählt man sich zumindest von diesen Überlebenden; die meisten nämlich haben noch nie einen gesehen, die Stadt kümmert sich schnell um sie, lässt sie verschwinden und keiner weiß, wohin.

„Diese Geschichten kannte ich, doch sie hielten mich nicht auf. Vorerst. Als ich etwa in deinem Alter war, ging ich jeder Spur nach. Ich unterhielt mich mit jenen, die zurückgekehrt waren, ich las alles, was es zum Thema gab.

Ich begab mich sogar in die Kanalisation, um dort nach einem Zugang nach unten zu suchen. Nichts konnte mich aufhalten, ich hatte genug Geld – das von meiner Familie – und genug Zeit, so ohne Mann und Kinder. Die perfekten Voraussetzungen, und tatsächlich war ich auf einem guten Weg, ich spürte, dass ich den Unterirdischen Seen auf der Spur war. Woran? Immer mehr meiner Freundinnen und Freunde verschwanden. Mein kleiner Bruder war eines Tages nicht mehr da. Mein großer Bruder verlor seine Stelle im Amt für Unterhaltung. Ich hatte plötzlich zwei, drei Schatten mehr, man verfolgte jeden meiner Schritte. Sehr sicher sogar hatten sie mein Telefon und meine Wohnung verwanzt, und manche meiner Freunde stellten neuerdings seltsame Fragen. Unheimlich war das. Ich wusste, wenn ich jetzt nicht aufhörte, würde auch ich bald vom Erdboden verschwinden. Gleichzeitig war ich nicht gewillt, aufzu-geben, jetzt, wo ich doch gerade eine so heiße Spur hatte, wo ich kurz vor meinem Ziel stand."

„Haben Sie einen Zugang gefunden?", unterbreche ich sie ungeduldig. Die Grüne Frau blickt mich an, als hätte ich sie gerade daran erinnert, dass sie nicht allein war, dass sie eine Zuschauerin hatte.

„Tja, das werde ich dir nicht erzählen, versteht sich. Meine ganze Mission heute Abend ist es ja gerade, dir diese Suche auszureden. Dich zu warnen. Hast du etwas zu verlieren, so begebe dich nachhause, zu deiner Familie, deinen Freunden. Ich hatte damals eine Begegnung, wie auch ich eine für dich zu sein hoffe, die alles verändert und meinen Blick auf die Dinge neu ausgerichtet hat. Von einem Moment auf den anderen habe ich aufgehört zu suchen, ich habe erkannt, dass meine Rolle hier oben wichtiger sein würde als irgendein Wässerchen unter der Erde. Meine Aufgabe nämlich ist es, Menschen wie dich davon abzuhalten, weiterzusuchen, ihr Leben zu opfern für eine lächerliche Sache, für ein Märchen! Und weil das eine gefährliche Unternehmung ist, habe ich ein paar Vorrichtungen getroffen, wie die falsche Bibliothek, in der du gestern den Zettel gefunden hast. Versteh mich nicht falsch, ich fände es gut, wenn so viele Menschen wie möglich die Unterirdischen Seen finden, wenn sie einen winzigen Eindruck ihrer Pracht bekommen könnten. Ich glaube, unsere Stadt wäre eine andere. Aber: Durch die Begebenheiten – es ist, wie es ist, und also nicht möglich – ist das zu gefährlich. Wir können nicht noch mehr gute Seelen verlieren."

„Also wissen Sie jetzt, wie man zu den Unterirdischen Seen kommt? Ich glaube, Sie wollen das Geheimnis nur für sich behalten. Warum soll ich Ihnen glauben? Kann ja sein, Sie haben den Schatz gefunden und wollen ihn einfach mit niemandem teilen?"

Das ist schon eine gewagte Geschichte, die mir die Grüne Frau da erzählt hat, und warum sollte ich alles, was mir ein fremder Mensch erzählt, einfach glauben?

Die Grüne Frau lächelt mich mit ihrem großen Mund an, ihre Augen blicken ernst. Sie zuckt mit den Schultern, und all das Klimbim an ihrer Kleidung klingelt leise.

„Na gut, ich sehe schon, du bist nicht so leicht zu überzeugen. Wie wäre es damit: Hast du dich mal gefragt, was mit deiner Freundin F. geschehen ist? Wolltest du sie nicht schon lange mal wieder treffen? Warum war sie das letzte Mal so seltsam, das war sie doch, oder?"

Ich weiß nicht, was ich sagen soll. Woher kennt sie -?

„Ja, ich weiß so einiges, nicht nur über dich. Und jetzt beende ich diese Geschichtsstunde, ich merke nämlich, dass das eh schon zu viel war. Und wenn du noch länger hierbleibst, finden sie dieses Versteck, und das wäre doch zu schade, nicht wahr? So schön heimelig hier, und lange hab' ich das eh nicht mehr."

Die Grüne Frau erhebt sich und macht mit dem Arm eine Bewegung Richtung Ausgang.

Mir fällt auf, ich habe den Tee noch gar nicht probiert, nehme einen großen Schluck und verspüre augenblickliche Erleichterung. Erstaunt sehe ich zu meiner Gastgeberin auf, die nur die Augenbrauen hebt: Hab ich's doch gesagt?!

„Aber Frau Zora, ich hätte noch so viele Fragen, wer sind zum Beispiel diese unheimlichen Kräfte, die Sie verfolgt haben, wer sorgt dafür, dass die Menschen verschwinden, wer will die Menschen davon abhalten, den Weg nach unten zu finden? Warum haben Sie mich ausgesucht, ich weiß doch selbst noch gar nicht, was ich eigentlich suche?"

„Ja, diese Fragen kann ich dir nicht beantworten. Oder will ich nicht? Erstens bleibt keine Zeit mehr, und dann ist das auch nicht mein Spezialgebiet. Mhm, aber warte. Ich gebe dir jetzt mal dieses Bild mit."

Sie nimmt eine der kleineren, bunten Leinwände von der Wand.

„Und noch einen Tipp, wo du Antworten auf deine Fragen bekommst. Kennst du die *Biblioteka*? Diese Kellerkneipe, die gewöhnliche Bürgerinnen und Bürger meiden. Ja? Prima. Dann besuch' sie doch mal spätabends, dort findest du im zweiten Raum hinten in der Ecke denjenigen, der mich damals zu unserer Bewegung gebracht hat. Das Bild gibst du ihm, oder du zeigst ihm dieses Armband hier."

Sie streift sich eines ihrer vielen grünen Armbänder ab und macht es an meinem Handgelenk fest.

„Zeig das aber bloß nicht in der Öffentlichkeit her, ja, damit machst du nur noch mehr auf dich aufmerksam, hihi."

Die Grüne Frau ist wieder gut gelaunt.

„Und jetzt aufauf, und pass auf dich auf, ja?"

Sie schiebt mich sanft, aber entschieden aus der Tür hinaus, keine Chance für Entgegnungen. Oder Dankesworte.

„Wenn's geht, versuch, nicht zu viel Nebel einzuatmen, ja? Auf hoffentliches Wiiederseheen!"

Die rote Tür fällt sanft ins Schloss und ich stehe wieder einmal auf der Straße, bis zu den Ohren im dichten, weißen Nebel. Mein Kopf dröhnt, überwältigt von den vielen neuen Informationen, die ich noch nicht einzuordnen weiß.

Kurz, bevor ich in die nächste Straße abbiege, fühle ich mich auf einmal beobachtet und blicke mich rasch um. Die rote Tür, aus der ich soeben noch stolperte, ist verschwunden. Die einladende Fassade von vorhin ist jetzt eine dieser für die Stadt typischen, fensterlosen Häuserfronten, an der ein überdimensional großes Wandgemälde prangt:

Ein riesiger Clown mit weißumrandetem Mund und grüngelocktem Haar beugt sich zum Betrachter herunter und fragt ihn mit breitgrinsendem Mund: Warum so ernst? In beiden Händen hält er Frauen, Männer, Kinder

fest umschlungen, er quetscht ihnen regelrecht das Lachen aus dem Leibe, das nun so breit ist wie sein eigenes.

Unter diesem Bild steht in großen, bunten Buchstaben:
GENIESST EUER LEBEN, HABT SPASS! WENN
NICHT JETZT, WANN DANN? ZU VIEL DENKEN
MACHT UNGLÜCKLICH!

Der junge Tribun

Gerade noch rechtzeitig versteckte er sich hinter der Hausecke. Fast hätte sie ihn entdeckt, was ärgerlich gewesen wäre, denn dann hätte er so tun müssen, als wäre er ein Normaler des Volkes, der zu Fuß durch die Straßen läuft. Was der Plebs nur so toll daran fand, jeden anderen Meter in tierische oder menschliche Hinterlassenschaften zu treten, würde er nie verstehen. Igitt. Zum Glück gab es den Nebel, und seine Reaktionsgeschwindigkeit war immer noch nicht eingerostet.

Vielleicht war diese Übung genau dazu da. Ihn stärker zu machen, schneller, überlegener, fit im Kopf und Körper, um bald die wirklich wichtigen Aufgaben übernehmen zu können. Man, darauf freute er sich richtig, endlich eine Position, die ihm gebührte, und in der er all die Vorstellungen für seine Stadt umsetzen würde, die ihm so lange schon vorschwebten.

Schon als Kind hatte er seinem Vater, den Großvätern und Onkeln bei der Arbeit über die Schulter geschaut und sich die meiste Zeit geärgert, wie viel besser er das doch machen würde.

Ja, seine unbescheidene Art hatte ihm einige Sympathien verdorben, doch was wollte er mit Sympathien. Wer so dumm war und ihn nicht verstand, der hatte gar nicht *verdient*, überhaupt in seiner Nähe zu sein, und um den würde er sich später, wenn er an der Macht war, schon kümmern.

Seine engsten Freunde respektierten ihn, und er wusste, er konnte sich auf sie verlassen, wenn es darauf ankam.

Sein durchtriebener Einfallsreichtum, den er nie versteckt hatte, weckte auch in den Älteren eine Neugier, die bei den einen mit Angst und bei den anderen mit Respekt einherging.

Nur große Geister können andere große Geister verstehen, und das Einzige, was er gelten ließ, war Augenhöhe. Nicht mehr lange, dann würden sie zu ihm aufblicken. Ja, die Macht über die Stadt, das war sein Ziel, er würde der größte Tribun aller Zeiten werden.

Ein kalter Windstoß brachte ihn auf den Bürgersteig seiner Stadt zurück. Man, da konnte man die beste Einstellung haben, die größte Motivation, und dann schickten einen die Alten hinaus in die Kälte, um so eine seltsame Frau aus dem Volk zu beobachten. Die mächtigsten Männer dieser Stadt fürchteten sich vor so einer Lächerlichkeit? Einer Frau, die verwirrt war und doch gar nicht wusste, was sie in dieser Stadt suchte?

Verärgert haute er mit der Faust gegen die Hauswand. Ja, das war lächerlich. Wegen ein paar alter Geschichten machten sie ein Theater ohne Ende, und er durfte den Laufburschen spielen.

Eine gute Übung sei das, hatte sein Vater gesagt. Du weißt, wir überwachen sie alle, aber auf diese da müssen wir besonders aufpassen, sie ist nur ein Gast, und für Gäste? Gelten andere Regeln, knurrte der Sohn mürrisch.

Er glaubte ja, dass das eine Strafe für letzte Woche war. Da hatte er mit seinen Freunden, die ebenfalls Söhne von Tribunen waren, ein paar Gebäude angezündet, deren Auslöschung längst an der Zeit gewesen war. Zumindest ihrer Meinung nach.

Man, wenn die Alten endlich sterben würden, diese verweichlichten Alten, dann könnten die Jungen durchgreifen, wie es schon lange geschehen hätte sollen. Zustände waren das in dieser Stadt, die würde es unter ihnen nicht mehr geben.

Sie hatten ja keine Menschen verletzt. Vielleicht ein bisschen, aber das waren Kollateralschäden. Und wen interessierte schon das Schicksal eines Obdachlosen, den hatte die Gesellschaft doch sowieso aufgegeben, so wie er sich selbst!

In seinen Augen war jeder für sein eigenes Schicksal zuständig, und wer die falsche Einstellung hatte, der landete eben auf der Straße, selbst schuld!

Dass es in dieser Stadt überhaupt so etwas wie Obdachlose und arme Leute gab, das fand er an sich schon eine Frechheit. Ihnen dann noch Häuser zur Verfügung zu stellen, kostenlos, man stelle sich das vor, und Essen und Trinken. Alles, wofür andere hart arbeiten mussten.

Die größte Obdachlosenunterkunft hatten sie angezündet, man, war das ein schönes Feuerchen gewesen, darauf hatten sie erstmal angestoßen. Und wie das dann so ist, da ist man im Rausch, nicht unbedingt wegen des Champagners, eher wegen der Verzweiflung der Menschen, wegen der Schreie, wegen des zusammenstürzenden Hauses, an dessen Stelle er schon das nächste Mietshaus sah – bei diesem Bild wurde ihm schon wieder heiß, das erregte ihn.

Jedes alte Haus durch ein neues zu ersetzen, das war eines seiner Ziele. Er hasste diese jahrhundertalten Gebäude, auf die manche Menschen hier so stolz waren, er hasste alles, was alt war. Neu musste es sein, neuneuneu, frisch aus dem Ei gepellt, ohne Falten, Dellen, Risse.

Mit einer der Firmen seines Vaters war er bereits dabei, jedes baufällige Haus abzureißen, in Grund und Boden zu stampfen und auf deren Asche ein neues Wohnhaus, ein Parkhaus oder ein Bürogebäude zu bauen.

Sein Vater und dessen Kollegen waren sehr bedacht darauf, jedes Loch, jede Lücke im Boden zu schließen, zu betonieren, zu teeren und zu pflastern. Wer einen Zugang nach unten offenlässt, ist gefeuert, hatte sein Vater streng verlauten lassen, und das wollte sich natürlich niemand nachsagen lassen.

Auch wenn er ihn hasste, in manchen Momenten konnte er nicht umhin, ihn zu bewundern. Nun ja, was zunächst wie ein Paradox klang, war es nicht: Manchmal musste man seine eigenen Vorbilder aus dem Weg schaffen, um noch Größeres zu leisten. Um *überhaupt* etwas zu leisten, um man selbst zu sein.

Das brennende Obdachlosenheim war der Anfang einer langen Nacht. Was würde ebenfalls gut brennen, was war ihnen noch im Weg? Er hatte seine Idee dann ausgesprochen, und natürlich waren die anderen Feuer und Flamme.

Ein wenig nervig waren diese hirnlosen Mitläufer ja schon, aber beschweren durfte er sich nicht. Ein Gefolge bedeutete schließlich auch, keine Konkurrenz und keinen Widersacher zu haben, besser ging es nicht, wenn man Großes vorhatte.

Die Limousine hatte sie also zu ihrem nächsten Ziel gefahren: eine der letzten Bibliotheken der Stadt.

Aus einer Champagnerflasche hatten sie einen Sprengstoff gebaut und ihn durch eines der großen, bunten Glasfenster geworfen, hinter denen nichtsahnend tausende Bücher in ihrem mitternächtlichen Schlaf standen.

Brennt, Bücher, brennt. Welch elektrisierender Anblick. Innerhalb von wenigen Minuten brennen Millionen von Wörtern, Bildern, Geschichten. Sie lösen sich in Rauch auf und treiben gen Himmel, ihre Asche regnet auf die Dächer, Straßen, Köpfe der Stadt, verlorenes Wissen, verlorene Inspiration, verlorener Trost.

Nun konnten sich weniger Menschen unnützes Wissen aneignen, sie konnten nicht schlauer werden als der Rest der Stadt. Sie würden weniger auf dumme Gedanken kommen, auf die man durch das Lesen von Geschichten und Geschichte kommt. Und ganz wichtig: Jetzt gab es einen Ort weniger, an dem sie sich zurückziehen und für sich sein konnten. Eine Sache, die von den Tribunen nicht gern gesehen war, und er verstand das. Wer allein war, wer unabhängige Gedanken dachte, wer diese in Höhen zu denken wagte, die nirgendwo gelehrt wurden, der war frei, und der ließ sich nicht so leicht beherrschen.

Seiner Meinung nach war dieser Aspekt von den Alten zu nachlässig gehandhabt worden. Um jeden Preis mussten sie verhindern, dass sich die Einwohner über das Maß bildeten, dass sie unabhängig dachten.

Sie hatten ja schon genug Ärger mit diesen paar Rebellen, die seit Jahrzehnten gegen sie arbeiteten. Und dann kamen noch diejenigen hinzu, die es angeblich nach unten geschafft hatten, obwohl er dieser Geschichte ja äußerst skeptisch gegenüberstand.

Er hatte den leisen, weil verbotenen Verdacht, die Alten hätten sich diese Geschichte nur ausgedacht, um ungestört ihren Machenschaften nachgehen zu können.

Erzähle den Menschen ein Märchen, gib ihnen ein imaginäres Ziel vor, sag ihnen, sie könnten genauso reich werden wie die Reichsten und damit genauso glücklich, flüstere ihnen ein, sie seien etwas Besonderes – sie werden dir folgen wie der Esel der Karotte.

Er verstand das.

Aber gleichzeitig musste man eben dafür sorgen, dass niemand *zu* intelligent und sogar weise wurde, denn die Weisen lassen sich nichts vormachen. Die Weisen oder diese elendigen, verlotterten Prediger der Liebe.

Ihr meint also, wenn alle gleichviel besäßen, wenn allein die Liebe regierte, wäre alles gut? Ihr meint also, die Menschen würden aufhören, sich wegen Geld und Macht zu bekriegen, zu töten, zu verletzen, und alles wäre Friede, Freude, Eierkuchen?

Lächerlich.

Der Mensch wird immer einen Grund finden, den anderen zu beneiden, ihm wehzutun, ihn zu töten. So sind wir eben, das Tier in uns ist nicht mit schönen Worten und Idealvorstellungen auszutreiben.

Ich schweife ab, dachte er. Diese Frau zu beschatten, war aber auch langweilig. Dabei hatte er heute wirklich Besseres vor.

Er war ihr bis zu ihrem Hostel gefolgt, wo er in einer dunklen Hausecke darauf wartete, ob sie es wieder verließ. Er gab ihr eine Stunde, dann wollte er selbst aufbrechen und einfach am nächsten Morgen wieder hier warten.

Guter Plan.

Er sah in ihrem Zimmer das Licht angehen, er erkannte ihre Silhouette, die sich anscheinend umzog. Warten wir noch ein wenig ab, entweder geht sie schlafen oder sie geht aus. Er sollte einen seiner Gefolgsleute damit beauftragen, die Nacht über hier zu bleiben, dann könnte er sich wenigstens für ein paar Stunden entspannen.

Seinem Vater aber, das wusste er, war wichtig, dass er die Beschattung durchzog, ohne Ausflüchte, ohne Abkürzungen. Wenn er diese Aufgabe vermasselte, drohte ihm ein Aufenthalt auf einer ihrer Inseln, und mannn, das wollte er wirklich vermeiden.

Diese öden Inseln, auf denen es nichts zu tun gab, außer am Strand zu liegen und Cocktails zu schlürfen. Klar, wenn er wollte, könnte er sich die Unterhaltung schon einfliegen lassen. Aber wer wusste, was in der Zwischenzeit mit der Stadt und seinen privaten Geschäften geschähe; alles, was er in den letzten Jahren in die Wege geleitet hatte, wäre dann gefährdet und er müsste womöglich von vorn anfangen.

Nein, nein, das zog er jetzt durch, Schultern zurück, bisschen Pulver die Nase hoch, Einstellung korrigieren, dieses eine Mal noch und dann nie wieder.

Mal überlegen, was wusste er von dieser Frau. Man hatte ihm nur mitgeteilt, dass sie früher, das hieß vor ein paar Jahren, über Nacht aus der Stadt geflohen war, Hals über Kopf, ohne jemandem Bescheid zu sagen. Sie war davor nie auffällig gewesen, war mit ein paar der beliebtesten Menschen der Stadt befreundet, hatte alle öffentlichen Unterhaltungsmöglichkeiten genutzt und, naja, war die meiste Zeit über betrunken gewesen. Von solchen

Leuten hatten sie nichts zu befürchten, die liefen vor ihren eigenen Gedanken weg, die wollten sich nicht noch zusätzlich welche machen.

Oder waren es gerade die, die sich regelmäßig mit Substanzen bewusstlos schießen mussten, weil sie insgeheim merkten, dass etwas nicht stimmte, und sie nicht anders damit umzugehen wussten?

Die Gefahr war in dieser Stadt nicht groß, schließlich wussten sie, die Einwohner bei Stange zu halten. „Brot und Spiele", hatte das sein Großvater immer genannt, der die Strategie wiederum von seinem Großvater kannte.

Wie war das noch gleich? Die Menschen mit genug „Brot", also allem, was den Körper satt und zufrieden macht, versorgen, und mit „Spielen", also allem, was den Kopf ablenkt und unterhält. So in der Art.

Es gab in den Schatzkammern der Tribunen ganze Bücherregale zu diesem Thema, denn von Beginn an hatte jeder Tribun seine eigenen Erkenntnisse niedergeschrieben, um sie den Generationen danach weiterzureichen. Freilich gab es heutzutage andere Möglichkeiten der Unterhaltung und der Versorgung als damals. Aber wozu ist die Historie schließlich da? Um aus ihr zu lernen.

Doch zurück zu dieser Frau.

Sie war vorhin, als er begonnen hatte, ihr zu folgen, aus einer Tür getreten, die, als er ihr näher gekommen war, einfach verschwunden war. Es schien, als wäre die Frau einer blanken Hauswand entsprungen, und ihm fiel erst jetzt auf, wie seltsam das war.

Sollten wir eventuell nochmal prüfen, dachte er noch.

Kurz, bevor die Stunde vorüber war, wurde das Zimmer dunkel und wenig später trat die Frau auf die Straße.

Widerwillig folgte er ihr, doch als er erkannte, mit wem sie sich traf und wo, rieb er sich befriedigt die Hände. Na, das passte ihm ja sehr gut, als hätte er es so geplant. So würde er es auf jeden Fall erzählen, wie genial war er denn, ha!

Das muss dieses Leben sein

Überwältigend: Kopf bis Fuß vibriert,
eins mit dem Bass,
wir lösen uns auf,
spüren uns – endlich.

Schwitzende Körper aneinanderreibend,
glücklich strahlend
tauschen wir schüchtern Blicke,
unser Herz voll und
in diesem Moment unbeschwert.
Das muss dieses Leben sein.

„Und, was denkst du?", schreit mir Ewa ins Ohr.

Gar nichts mehr, würde ich gerne antworten, stattdessen grinse ich sie an und zeige ihr beide Daumen nach oben.

Es ist ein Technoclub genau nach meinem Geschmack. Kunstvolle Lichtinstallationen, nicht zu schick, aber auch nicht zu heruntergekommen, interessante Leute. Wäre ich nicht Teil von Ewas Clique, wäre ich wohl nicht eingelassen worden. Heute nur die mit Einladung, also mit Verbindungen und schönem, bekanntem Gesicht.

Meinem sieht man an, dass ich vom Dorf komme, dass ich keine Ahnung habe von Kunst, Mode und Schminke. Davon bin ich zumindest überzeugt, schon immer hatte ich ein distanziertes Verhältnis zu meinem Gesicht.

Manchmal, wenn ich Fotos von mir betrachte, komme ich mir so fremd vor. Bin das wirklich ich? Sehen mich andere echt so? Andere sehen mich sowieso anders als ich mich selbst. Warum sehen sie mich so an? Was sollen die Blicke der fremden Menschen, sehe ich so seltsam aus? Oder spiegeln sie nur wider, wie ich mich fühle? Fremd, verwundert über meine menschliche Gestalt.

Gesicht. Das uns von anderen unterscheidet, das uns ausmacht. Was wären wir ohne Gesicht? Oder wenn wir alle dasselbe hätten?

Seltsamerweise hatte ich nie Probleme, Männer kennenzulernen, zumindest war immer mindestens einer interessiert an mir, was mich bisweilen wunderte, aber auch nicht. Wenn männliche Aufmerksamkeit eine Währung wäre, hätte ich davon leben können, auch wenn ich nie wusste, was ich mir davon kaufen sollte.

Dass ich selbst kein echtes Interesse an Männern hatte, merkte ich erst spät, die meisten langweilten oder ekelten mich, mit manchen wollte ich befreundet sein, auf andere war ich neidisch, aber einen davon heiraten, so wie es alle meine Freundinnen taten? Niemals!

Wie froh, wie erleichtert ich jedes Mal war, wenn ich mit Ewa unterwegs war: In ihrem Schatten verblasste jede andere Frau, sie lenkte die unangenehmen männlichen Blicke um, sie nahm sie auf und sie verschwanden in ihr wie in einem Schwarzen Loch. Wie stolz ich war, mit ihr befreundet, ja, nur in ihrer *Nähe* sein zu dürfen.

Heute weiß ich, dass ich schon damals in sie verliebt war, und vielleicht hat das nie aufgehört. Ihr Aussehen beschreibe ich hier nicht nur aus Sicherheitsgründen nicht – ich will ihre Schönheit nicht mit Worten reduzieren, ja, kann es gar nicht. Selbst wenn das möglich wäre – sie soll in Ihren Köpfen nicht als Bild existieren, das ihr nie gerecht würde.

Beim Tanzen ist das alles egal.

Dann gibt es uns nicht mehr, dann lösen wir uns auf, jede Zelle in unserem Körper reitet auf den Schwingungen des Basses, und selbst dein Herz hat aufgehört, seinen eigenen Rhythmus zu schlagen.

Jeder tanzt für sich, aber wir sind eins, die Gemeinschaft der vibrierenden Zellen, wenn wir alle nichts sind, sind wir alle gleich, endlich Gleichheit, ein Wert, der niemals erreicht werden kann und doch angestrebt werden muss, dort draußen ist es ein Kampf, hier drinnen schon gelebte Utopie.

Für ein paar Stunden vergesse ich, wo ich bin, wer ich bin und warum, es ist schön hier, jeder ist in seiner eigenen Welt, keiner achtet auf mich.

Die Menschen in diesem Klub sind diskret, sie kennen das Gefühl, beobachtet zu werden, und erwarten von diesen exklusiven Räumen eine Ausnahme davon. Niemand glotzt mich blöde an oder tuschelt über mich, ich kann einfach sein.

„Hejj, L., hast du Lust auf ne Pause? Ich spendier' dir nen Drink!"

Ewa zieht mich von der Tanzfläche. Sie holt uns zwei Gläser selbstgemachte Limonade, dann machen wir es uns in einer der gemütlichen Sitzecken bequem.

„Ich hab den anderen gesagt, sie sollen sich unter die Feiernden mischen, ich will mal allein mit dir quatschen", sagt Ewa, und wir stoßen an.

„Alles gut bei dir?", frage ich sie etwas nervös, so kenne ich sie gar nicht. Und was will sie mir so dringend sagen?

Da ist es wieder, dieses ungute Gefühl in der Bauchgegend, das mir immer vorher schon sagt, wenn das Leben etwas im Schilde führt.

„Sowieso, alles gut, wie könnte es auch nicht", winkt Ewa lächelnd ab und ich glaube ihr kein Wort.

„Ich hatte nur gerade das Bedürfnis, mit dir allein zu reden, ohne die neugierigen Ohren der anderen. Du warst schon immer eine meiner liebsten Gesprächspartnerinnen."

Warum sagt sie nicht „die liebste"? Wer sind die anderen? Dieser verdammte Komparativ! Ich zügle meine aufkommende Eifersucht. Sie hat mir schon so viele Freundschaften kaputt gemacht.

„Erzähl, was ist los. Du wirkst ein wenig angespannt. Ist das wegen deines Besuchs? Ist der von hier oder woher kennst du ihn?"

„Ich weiß nicht. Kann sein. Du hast ja mitbekommen, oder, dass ich oft in den obersten Kreisen verkehre? Der ist einer von denen. Der Sohn eines Oberfuzzis, ganz wichtig, eine der reichsten Familien der Stadt. Normalerweise nehme ich diese Leute nicht ganz so ernst, wie sie es gerne hätten, aber dem kaufe ich ab, was er sagt. Gruselig, L., richtig gruselig. Wenn der mal den Laden übernimmt, dann wehe der Stadt. Aber bitte schau jetzt nicht hin zu ihm, der ist nicht dumm, der weiß sonst sofort, über was wir sprechen."

Ewas Begleitung heute Abend steht an der Bar, umgeben von anderen Männern seines Alters. Er scheint etwas Spannendes zu erzählen, sie hängen gebannt an seinen Lippen.

Auch, wenn wir nicht direkt hinsehen, bemerken wir seine Blicke wie Nadeln in der Haut.

„Ich weiß mehr, als du und alle anderen denken, L. Was meinst du, warum ich mich so unbeschwert gebe? Würde ich nur das kleinste Anzeichen geben, dass ich Angst habe, in Panik gerate und jemandem zu viel erzähle, ciao Kakao, das wär's mit mir."

Angesichts ihrer lockeren Sprache kann ich nur staunen. Mir selbst ist gerade alles andere als wohl in meiner Haut.

An dieses Gespräch mit Ewa erinnere ich mich deshalb so gut, weil es so absurd war. Trotz des ernsten Themas lachte sie immer wieder ohne Grund laut auf, als hätte sie oder ich gerade etwas sehr Witziges erzählt, und ich begann bald, es ihr nachzumachen. Wir waren schließlich umgeben von den gefährlichsten Menschen der Stadt, niemand durfte auch nur ahnen, über was wir uns gerade unterhielten.

„Hast du denn keine Angst? Was, wenn sie dich gerade hören? Oder uns sprechen sehen?"

„Nein, das würden sie in diesem Klub nicht wagen. Hier sind zu viele von ihnen, die wollen sich nicht selbst abhören. Du weißt schon, von wem ich spreche, oder? Ich sage die ganze Zeit ‚die' und ‚sie' und am Ende entsteht dadurch eine Fantasiegeschichte in deinem Kopf, wie sie sich so viele Einwohner erzählen, um sich die Angst im Dunklen zu vertreiben."

Noch immer weiß ich nicht, wer diese mächtigen Männer im Schatten sind, von denen ich die letzten Tage schon gehört habe, doch will ich sie nicht in ihrem Erzählfluss stören. Ich nicke, als wüsste ich Bescheid, und meine Augen sagen zu ihr: Ja, leider.

„Ewa, woher weißt du denn so viel? Bist du in Schwierigkeiten?"

Frage ich mehr aus Höflichkeit und Neugier als in der Annahme, ich könnte ihr jemals helfen.

Ewa lächelt mich an, wohl darum wissend.

„Mach dir keine Sorgen, ehrlich. Wenn es so wäre, wäre ich nicht mehr hier. Ich habe meine Vorkehrungen getroffen, sollte mir einmal etwas geschehen, und das wissen sie. Außerdem lieben sie meine Gesellschaft zu sehr, und für das Stadtgeschehen und ihre Kreise bin ich leeider unentbehrlich!"

Sie sagt das ganz selbstbewusst mit den Schultern zuckend, nichts zu machen, und ich weiß, sie hat Recht.

Ewa lässt ihren Blick über die Tanzfläche schweifen, sie gibt sich in Gedanken abwesend, doch registriert sie ganz genau, wer sie in diesem Augenblick mit den Augen sucht.

Ich erinnere mich, wie sie mir damals von den illustren Feiern erzählte, zu denen sie regelmäßig eingeladen war.

Sie verkehrte in den höchsten Kreisen, tanzte mit den reichsten der Reichen, und wenn diese im Bett ihre Lebensgeschichte erzählten, hörte sie ganz genau hin.

Ich hatte sie damals nicht ernstgenommen, hatte mich nur unterhalten gefühlt von ihren Abenteuern, bei denen sie jedoch nie ins Detail ging, wie mir später auffiel. Sie erzählte nie, wie die Menschen hießen, die sie begleitete, wo sie wohnten, was sie arbeiteten – *wenn* sie arbeiteten – und welche Geheimnisse sie ihr verrieten.

Denn das taten sie, das hatte sie mir gesagt, schließlich sitzt die Zunge am lockersten im Rausch der Gefühle und Drogen.

Es war erstaunlich, welche Wirkung Ewa auf diese Menschen hatte. War es ihre Schönheit, ihr Charisma, ihre Beredtheit? Ihre Beliebtheit hatte in all den Jahren offenbar noch zugenommen, es schien, als gehörte sie schon zu dem Einen Prozent. Nur Ewa selbst war sich bewusst, dass dem nicht so war. Wer nicht in diese Kreise geboren wurde, würde immer ein Fremdkörper bleiben, ein gern gesehenes Schmuckstück und garantierter Unterhaltungswert zwar, allein jederzeit ersetzbar.

„Ich bin froh, dass du heute dabei bist, L." Sie drückt meine Hand. „Ich bin froh, dass wir ein bisschen reden können. Dir scheint es sehr gut getan zu haben, die Stadt zu verlassen. Du bist ernster, mehr du, hab' ich Recht?"

Etwas scheint ihr auf der Zunge zu liegen.

„Manchmal bin ich es so leid, L. Ständig guter Dinge sein zu müssen, damit nur ja niemand denkt, ich würde ausbrechen. Ständig so zu tun, als wüsste ich von nichts. Als bereiteten mir ihre Verbrechen keine Übelkeit. Der Typ, mit dem ich heute da bin, ist der größte Verbrecher. Neulich hat er mit seinen Kumpels ‚einfach mal so' aus einer sadistischen Laune heraus ein Obdachlosenheim und eine Bibliothek in Asche gelegt. Aber wen kümmerts? Über ihn richten wird niemand, er ist über jedes Urteil erhaben allein durch sein Vermögen und seine Herkunft. Natürlich, ich profitiere am Ende des Abends, aber macht mich das nicht zu einer Mitwisserin, zu einer Schuldigen? Wem könnte ich von seinen Taten erzählen? Selbst, wenn es die ganze Stadt wüsste, würde niemand eine Hand gegen ihn erheben, wenn er doch die Stadt selbst ist, wenn sie ihm gehört! Jeden, der noch ein Fünkchen Anstand und Gerechtigkeitssinn in sich trug, hat er gekauft. Keine Chance für Menschen wie dich und mich."

Ich bin bestürzt, noch nie habe ich Ewa so sprechen gehört. Noch nie habe ich sie so pessimistisch erlebt.

„Aber wieso gehst du dann nicht weg, so wie ich?"

„Das wäre eine Möglichkeit, immerhin habe ich genug Kontakte im Ausland."

„Und es fiele dir ja auch nicht schwer, welche zu knüpfen."

„Das nicht. Aber ist Weglaufen wirklich *die* Lösung? Ich glaube nicht. Nach allem, was ich weiß, zu verschwinden und es ihnen so einfach zu machen? Nein, ich habe mich dagegen entschieden. Ich glaube ganz fest an Gerechtigkeit, früher oder später wird es auch sie treffen. Aber dafür müssen wir etwas *tun*, verstehst du. Wir können nicht nur herumsitzen und jammern, wie ungerecht doch alles ist. Ich zum Beispiel – und bitte, das darf wirklich absolut niemand wissen – schreibe alles, was sie mir erzählen, auf und sammle es an einem geheimen Ort. Mit nur wenigen Menschen teile ich die Geschichten – ich glaube, du hast einige davon bereits getroffen – damit ich nicht die einzige Mitwisserin bin und sie ihre Geheimnisse nicht einfach mit mir auslöschen können. Ich bin quasi Doppelagentin: Denen erzähle ich, was das ‚niedere Volk‘ denkt und macht, wodurch sie mir vertrauen und ich ihre Geschichten erfahre.“

„Wow, eine richtige Spionin bist du.“

Ewa lacht. Ein wenig zu verzweifelt für meinen Geschmack.

„Glaub mir, das ist alles andere als so cool, wie du es aus Filmen kennst. Die meiste Zeit verbringe ich mit unangenehmen Menschen, die ich unterhalten soll, die gar nicht wissen wollen, was ich wirklich denke. Und schlafen kann ich nur noch mit Hilfsmitteln, weil mich die Geheimnisse und das ewige Maskentragen verrückt machen.“

„Das heißt, du riskierst dein Leben, um so viel Material wie möglich über diese Leute zu sammeln?“

„Kann man so sagen, ja. Aber einer muss es ja tun, irgendwo müssen wir anfangen, damit das nicht ewig so weitergeht.“

Ich bewundere meine Freundin jetzt noch mehr als zuvor. Wie stark muss man sein, so etwas jahrelang durchzuhalten?

„Manchmal wäre ich gern so gleichgültig wie der Großteil der Stadtbewohner. Ich würde mich gern nur um mich kümmern, um meine Familie, hätte gern ein kleines Häuschen und zwei Autos, und der Rest wäre mir herzlich egal, Hauptsache, mir geht's gut."

„Ohja, den Wunsch kenn ich. Und mindestens zwei Mal Urlaub im Jahr muss auch drin sein. Ich hab' mir schon oft gewünscht, es würde mir reichen, in dem kleinen Dorf zu leben, wo ich aufgewachsen bin. Ich kenne alle meine Freunde seit Kindergartenzeit an, ich kenne alle anderen Leute ebenfalls und sie mich von Kindheit an, meine Eltern wohnen nebenan, ich baue ein Haus und habe drei Kinder und bin zufrieden damit. Aber ist nicht vorgesehen für mich, nicht in diesem Leben."

„Ich frage mich manchmal, warum es manche Menschen hinauszieht in die weite Welt und andere nicht. Was treibt uns an? Die Neugier? Innere, ungelöste Fragen? Fragen aus vergangenen Leben?"

Darauf weiß auch ich keine Antwort, ich habe es mich schon oft genug gefragt. Woher kommt diese meine innere Unruhe?

Die Menschen in diesem Klub scheinen freier zu sein. Vielleicht, weil sie genug Geld besitzen und sich darum keine Sorgen machen müssen. Oder weil sie sich chemisch und alkoholisch auf einem anderen Level befinden.

Die Grenzen zwischen den inneren Schubladen sind abgerissen, keine Gedanken mehr, die sich von hinten in die Augen bohren, die ihnen den Schlaf rauben und ihnen das Gefühl geben, sie müssen anders, besser, mehr sein, als sie sind. Der Komparativ frisst uns von innen auf.

Frei zu sein, ist das nicht das höchste Ziel?

Doch das geht nur, wenn wir uns aus diesen Boxen befreien, wenn wir ihre Wände niederreißen, die wir doch selbst errichteten, die wir unterteilten nach allen möglichen Merkmalen unseres bunten Menschseins, in Klassen, eine besser als die andere, der Mensch will sich definieren, will wissen, wer er ist und wo er steht. Jeder braucht jemanden oder etwas, auf das er hinabschauen kann, allein zum Zwecke, sich nicht selbst wie der Bodensatz zu fühlen. Ob das nun Menschen, Tiere oder Pflanzen sind – es scheint, der Mensch kann nur innerhalb einer Hierarchie existieren, bei der er sich selbst an der Spitze sieht.

Ich weiß nicht, wer damit angefangen hat, vielleicht waren es die Tribunen, die der Stadt den Floh ins Ohr setzten. Doch da ist dieses vermaledeite Wort, an dem sich alle messen und messen lassen, es ist diese „Norm", an der wir uns festhalten, die so viel kaputt macht, vor allem in uns selbst.

Wer oder was ist schon „normal"?

Orientiert sich dieses Maß an den Herrschenden, nach ihnen muss alles ausgerichtet werden, und nur jene sind gut genug, die so aussehen, denken, glauben, lieben, leben wie sie? Sie sind das Maß aller Dinge, und wer nicht ist wie sie, kann nur besser oder schlechter, anders, kaputt sein, und muss repariert werden.

Das Perfide: Wir sollen ja gar nicht alle „gleich" sein.

Gleichheit, das ist ein Wert, der nie zu erreichen ist, ein Modewort, mit dem sich viel Politik und Geld machen lässt. Schall und Rauch, um die Wahrheit zu verstecken, die da ist: Eine schreckliche Vorstellung für diejenigen, die gut von der Ungleichheit leben.

Warum diese ernsthaft bekämpfen?

Das ist unmöglich, es folgte der Zusammenbruch, und schlimmer: Wir müssten unsere Macht abgeben, unser Vermögen teilen.

Ein Albtraum.

Um diesen zu verhindern, fördern wir jene, die Politik für uns machen, denen eine Umverteilung nicht im Traum einfallen würde; Pöbel bleibt Pöbel, wir brauchen die Massen, sie haben für uns zu arbeiten und sich gegenseitig zu zerfleischen, darum hasst immer die, die noch weniger haben, die zu schwach sind, um sich zu wehren, die eh schon am Boden liegen.

Gegen die Kranken, Alten und Kinder gewinnen sogar jene, die selbst ganz unten im Sand der Arena stehen.

An diesen Kämpfen ergötzen wir uns ganz besonders: Mit genug Sicherheitsabstand empören wir uns champagnerschlürfend über jene, die auf die Schwächsten treten, und sind es doch selbst, die sie zusammen in die Arena schickten.

Herrlich. Brillant.

Erschrocken tauchen wir aus unserem Gedankenmeer auf.

„Zum Glück kann uns keiner denken hören, zumindest noch nicht", lacht Ewa und nimmt meine Hand.

„Ich glaube ja nicht, dass die Menschen hier drin sich freier fühlen. Ganz im Gegenteil. Klar, sie können sich alles leisten und müssen sich zumindest um ihr tägliches Überleben keine Sorgen machen. Allein: Ihre Gedanken kreisen ständig darum, ob sie die neueste, teuerste Mode tragen, ob sie auch ja keine Falten, keine hängenden Brüste, ob sie einen straffen, dellenfreien Hintern haben, was denken die anderen, wie verhalte ich mich, um ja keinen Skandal zu verursachen, was denken die anderen, mir ist so unfassbar langweilig, mit welchen Perversionen könnte ich nur meine vielzuviele Zeit vertreiben, ohne dass es jemand herausfindet? Mit welchen Nachbarinnen steige ich ins Bett, wer hat mehr Geld als ich, wie kann ich noch mehr Geld aus dem vielen Geld machen, das ich bereits besitze, und wie bleibe ich so reich und mächtig? Wie gehe ich mit meinen Kindern um, diesen verzogenen, die sich verhalten, als gehörte ihnen die ganze Welt? Wie überzeuge ich den Pöbel, diesen mir lieben Politiker zu wählen, der sich für mein und unser Wohlergehen einsetzt? Wie halte ich mir besagten Pöbel vom Leib, wie überzeuge ich ihn, dass wir die Guten sind, die Armen aber, denen sie doch viel näher stehen, die Bösen, die sie mit dieser gefährlichen Krankheit namens Armut anstecken? Was könnten die anderen denken? Was könnten die anderen denken? Was könnten die anderen denken?"

Ewas Gesichtsausdruck verändert sich keinen Millimeter, und doch ist ihr Ton das Gegenteil dieses Monologs, als sie mich anstrahlt:

„Hej, L., lass uns mal wieder tanzen gehen, ich muss meinen Pflichten nachgehen und du solltest das hier noch ein bisschen genießen. Ich werde das Gefühl nicht los, dass dir eine besondere Zeit bevorsteht, in der du jedoch nicht so unbeschwert durchs Leben tanzen kannst wie heute."

„Was meinst du damit, weißt du denn von meiner Suche?"

Vielleicht kann Ewa mir den entscheidenden Tipp geben und ich spare mir das Treffen mit dem Unbekannten morgen. Wieso kann sie nicht einfach sagen, um was es geht? Wenn sie doch eh zum Widerstand gehört?

„Wie gesagt, ich weiß mehr, als du denkst. Aber ich kann dir nicht helfen, das tun die anderen schon genug. So gern ich dir mehr sagen würde, es ist schwer, etwas in Worte zu kleiden, für das es keine Worte gibt. Pass einfach auf dich auf, ja?"

Das scheint der beliebteste Satz der Stadt zu sein. Dieser Worte verschlingenden, Gedanken ertränkenden Stadt, in der alle mehr wissen, als sie zugeben, und doch ihr Mund verschlossen bleibt. Hüten sie sich aus Angst, zu viel zu sagen? Oder aus Ehrfurcht? Oder weil in dieser Sache tatsächlich die Sprache versagt? Wo sind all die Poetinnen, deren Aufgabe es ist, das Unsagbare in Bilder zu übersetzen?

„Achja und L.?"

Ewa beugt sich noch einmal zu mir herab, ihr Gesicht nah an meinem, bedeutend ihr Blick.

„Wer sucht, findet nicht, doch wer *aufhört* zu suchen, den werden *sie* finden."

Sie zwinkert mir zu.

VIER

„Ich will dich nur schon mal vorwarnen, mein Lieber, aber du bekommst heute noch Besuch."

„Das hab ich mir schon fast gedacht. Hast du sie getroffen, ja? Und was hast du ihr erzählt?"

„Ein wenig, nicht alles. Du weißt ja, sie beobachten mich, am Ende fliegt mein Versteck auf. Für die Details bist du zuständig."

„Auch ich werde ihr nicht alles erzählen, nur das Nötigste, damit sie unter uns bleibt."

„Damit sie nicht so endet wie wir. Niemand will so leben müssen."

„Oder schlimmer. Nein, keine Sorge, ein paar Dinge lasse ich aus. Es gibt Geschichten, die müssen im Dunkeln bleiben."

Ich habe es aufgegeben, schlafen zu wollen.

Nach dem Gespräch mit Ewa tanzte ich noch ein wenig und ging dann nachhause, müde wie selten in meinem Leben.

Doch ich kann partout nicht loslassen. Zu sehr stehe ich wegen der Ereignisse des Tages unter Strom, so viele Geschichten, so viele Rätsel.

Alles, was mir die Grüne Frau und Ewa erzählt haben, wende ich hin und her, nach oben und unten, hinten und vorn, allein die Fragen in meinem Kopf werden nur lauter.

Vor mir liegt das Bild, das mir die Grüne Frau, Zora, geschenkt hat. Dem Namen auf der Rückseite der Leinwand nach hat sie es selbst gemalt, vor dreißig Jahren, sagt das Datum. Die Farben wirken frisch, als wäre es erst gestern entstanden.

Farbflecken, die an bestimmte Dinge erinnern. Die *mich* erinnern, ich assoziiere. Ich lasse sie auf mich wirken. Sehe ich nur das, was ich sehen will? Übertrage ich das, was mich gerade beschäftigt, auf das Bild?

Zwei Seiten hat es, eine dunkle und eine bunte, in rotgelb gehalten. Ist das die ewige Nacht und dort die Hölle? Kleine Punkte kriechen aus der Finsternis in die Sonne, sie recken und strecken sich, erleichtert über die Wärme auf ihrer Haut. In der einen Ecke eine Zwiebel.

Dort, in der Dunkelheit, tanzen Punkte um ein Feuer, andere verneigen sich vor den Schatten an den Wänden. Was ist schlimmer, die helle oder dunkle Seite? Helle, Hölle. Beginnt sie erst bei Tagesanbruch? Wenn wir uns selbst erkennen, nackt in aller Verletzlichkeit, wenn wir erkennen, was wir dort unten getan?

Ich bewundere die Grüne Frau. Ihre Kunst ist tiefer, als sie auf den ersten Blick wirkt, und mir gefällt das Bild umso mehr, je länger ich es betrachte. Ich mag Kunstwerke, die der Fantasie Raum geben. Über die man eine Weile nachdenken kann, die inspirieren. In welcher Stimmung die Grüne Frau damals wohl war, was hat sie erlebt, was verarbeitete sie?

Ich frage nicht, was sie mit dem Bild sagen will, denn das halte ich für eine unsägliche Frage. Mich langweilt, wenn ich sofort weiß, was die Künstlerin oder der Künstler „damit sagen will", weil ich das Anliegen dahinter spüre. Oder es mir direkt ins Gesicht schreit.

Ich lege das Bild in den Schrank neben das leere Buch, das ich nun doch behalten habe. Enthält es jetzt endlich Wörter und Geschichten? Ich schlage es auf und bin für einen kurzen Moment enttäuscht: Die Welt der Magie ist mir gegenüber noch immer nicht bereit für ein kleines Wunder.

Bevor ich später in die *Biblioteka* gehe, muss ich unbedingt nach F. schauen. Das ist wichtig, vor allem nach dem, was die Grüne Frau gestern andeutete.

Ich beschließe, zu Fuß zu F.s Haus zu laufen, die Sonne scheint und ich habe Zeit und das Bedürfnis, über gestern nachzudenken.

Als ich das Hostel verlasse, zerrt die Polizei gerade einen jungen Mann aus der gegenüberliegenden Hausecke, der offenbar dort geschlafen hat. Obdachlos scheint er nicht zu sein, er trägt einen dunklen Anzug und sieht sehr gepflegt aus, soweit ich das von hier aus erkennen kann. Kenne ich ihn nicht?

Doch bevor mir einfällt, woher, geschieht etwas Seltsames: Die Polizisten, die ihn gerade noch an den Schultern gepackt und in die Höhe gezerrt haben, nehmen sofort Haltung an, als er ihnen mit erhobenem Kopf und erhobener Hand Abstand gebietet und etwas sagt, was auf sie Eindruck gemacht haben muss.

Der ist eindeutig ein hohes Tier oder stinkreich oder beides, denke ich.

In diesem Moment, wie um meine These zu bestätigen, fährt eine Limousine mit verdunkelten Scheiben vor, der Mann steigt ein, ohne die Polizisten noch eines Blickes zu würdigen. Diese greifen sich verzweifelt an den Kopf, der eine fängt an zu weinen, sie umarmen sich.

Nach der Begegnung gestern Abend habe ich mehr Fragen als Antworten. Ich weiß nun, dass ich beobachtet werde, aber nicht von wem. Ich weiß nun, dass es gefährlich ist, nach den Unterirdischen Seen zu suchen, aber nicht, warum. Ich weiß, dass es eine geheime Widerstandsbewegung gibt, aber nicht, gegen wen.

Mein Verstand sagt mir, es wäre wohl besser, nachhause zurückzukehren. Doch wo genau ist „Zuhause"? Wenn nicht dort, wo mein Herz endlich zur Ruhe kommt?

Noch kenne ich diesen Ort nicht.

Natürlich wäre es das Schlauste, jetzt zu verschwinden. Ich bin in Gefahr oder werde es sein, wenn ich weiterhin meine Nase in Geschichten stecke, die mich nichts angehen. Und doch – wenn ich jetzt die Stadt verließe, ließen diese Fragen mich niemals mehr schlafen: Was wäre, wenn du den Weg nach unten gefunden hättest? Was wäre, wenn das der Weg war, den du gehen hättest sollen?

Was hätte dich dort unten erwartet? Und was wäre mit dir geschehen, wärst du wieder an die Oberfläche zurückgekehrt? Was läuft in dieser Stadt schief, und hättest du vielleicht eine wichtige Rolle dabei spielen können, die Missstände aufzudecken? Zu viel Konjunktiv.

Die Stimme der Bescheidenheit in mir ermahnt mich sofort: Jetzt beruhige dich wieder, L. Du wirst doch wohl nicht glauben, dass ausgerechnet *du* eine so wichtige Rolle spielst. Bleib mal bitte am Boden. Nur weil du jetzt angeblich auf dem Radar irgendwelcher Typen bist, nur weil dir die letzten Tage ein paar seltsame Dinge begegnet sind, heißt das doch nichts.

Die Trotz- und Bauchstimme widersprechen ihr: Hallo, das sind ja wohl keine Zufälle. An die glauben wir eh nicht. Unser Gefühl sagt, dass da etwas dahintersteckt und dass wir dem nachgehen sollen. Jaha, und was, wenn es doch etwas bedeutet? Könnte ja *einmal* in unserem Leben der Fall sein, oder? Wir haben sowieso nichts anderes, nichts Besseres vor. Was könnten wir verlieren? Und warum sonst sollten wir diese Geschichte erzählen? Die erzählen wir doch, oder?

Wäre ja mal interessant, eine Geschichte aus der Sicht einer unbeteiligten Person zu erzählen. Was ist dir passiert? Nichts. Ein paar Zufälle, seltsame Begegnungen, die letztlich nichts bedeuteten, die zu nichts führten. Eine Anti-Erzählung. Das nächste Mal vielleicht.

Ungeduldig höre ich mir die Diskussion meiner inneren Stimmen an. Leute, sage ich, wir machen jetzt so weiter. Wir besuchen jetzt F., das steht nämlich an und wir sind sowieso gleich da, und abends treffen wir diese Person, an die uns die Grüne Frau vermittelt hat. Wie es weitergeht, sehen wir dann. Und vielleicht verlassen wir morgen diese Stadt, sollte sich herausstellen, dass wir bloß an Spinner geraten sind. Wäre ja gar nicht so unwahrscheinlich.

Die Bauchstimme murmelt: Ja, aber eigentlich schon. Es muss doch einen Grund geben, warum die Stadt uns zurückgerufen hat, du hast sie doch auch gehört. Haben wir alle. Und dann geschehen diese Dinge und wir fühlen uns in eine Geschichte hineingezogen, die uns zur Protagonistin macht. Endlich mal zur Protagonistin, nicht mehr nur zur Beobachtenden, zur Fotografin. Endlich sind wir selbst auf dem Bild.

Und wie wir das sind. Die Grüne Frau offenbarte mir gestern, ich würde überwacht werden, und zwar seit meiner nächtlichen Halsüberkopfflucht. Das sei „gegen die Regeln" gewesen, unerwartet, ungewöhnlich.

„Du musst wissen, meine Liebe", seufzte die Grüne Frau, „sie haben alle auf dem Schirm, die nicht ihren ‚Normen' entsprechen, die also nicht ‚normal' sind. Was das genau bedeutet, weiß ich oft selbst nicht. Ich glaube, es bedeutet vor allem, so zu funktionieren, dass das System nicht gestört wird. Du musst dich anpassen können, du musst dich reproduzieren, du musst arbeiten können. Du solltest nicht zu abwegige, eigene Gedanken haben, nichts in Frage stellen. Solche Sachen eben. Du sollst dich amüsieren, konsumieren, ein aktives Mitglied der Gesellschaft sein, nimm dich bloß nicht heraus, Außenseiter mögen wir nicht. Sie haben sich so einige Dinge überlegt, wie die Einwohner auf ihrer Spur bleiben oder wieder hineingebracht werden."

Die Grüne Frau seufzte und schien ihren Gedanken nachzuhängen.

„Wie zum Beispiel?", fragte ich, jetzt wollte ich alles erfahren.

„Naja, du weißt schon", winkte die Grüne Frau zerstreut ab. „Das Übliche. Gruppenzwang, gehör bloß dazu, sei nicht so komisch, Therapie, Drogen, sowas. Schon von klein auf soll den Einwohnern abgewöhnt werden, eigenständig zu denken, sie lernen das bereits im Kindergarten. Wer anders ist, ist raus. Du musst ihnen wirklich zu denken gegeben haben, dass sie auch dich überwachen. Soweit ich es in den Aufzeichnungen erkennen konnte, warst du ja ein typisches Beispiel der ‚Normalen', oder?"

„Sie besitzen deren Aufzeichnungen?"

„Meine Liebe, was denkst du, warum du heute hier bist?"

Die Grüne Frau lächelte mich mitleidig an. „Natürlich haben wir die. Dank gewisser Kontakte können wir fast in Echtzeit verfolgen, wen sie aufnehmen, verfolgen und so weiter. Sonst wäre unser Widerstand zwecklos. Selbst jetzt sind wir immer wieder zu spät dran, erfahren von Betroffenen erst im Nachhinein."

„Frau Zora, wer sind denn ‚die' überhaupt? Die Stadtpolitiker? Die Verwaltung? Wer verfolgt mich?"

Kurz vor F.s Haus blicke ich mich um. Ich habe diese Gegend ganz anders in Erinnerung.

Damals standen hier verfallene Villen, in die wir einstiegen, des Gruselfaktors wegen und manchmal auch, um Männer zu beeindrucken. Welch dumme Sachen wir machten, nur um zu gefallen.

Jetzt stehen hier Reihen-, Familien-, Park- und Kaufhäuser, eins nach dem anderen, alle frisch verputzt, betoniert, mit hohen Zäunen. An den Fenstern der Hinweis auf die Alarmanlage, als hätten sie hier große Reichtümer zu verteidigen. Naja, haben sie wahrscheinlich auch, so schick, wie das hier aussieht. An einigen Zäunen hängt Wahlwerbung für den konservativen Kandidaten, der vor kurzem zum Bürgermeister gewählt wurde. Interessante Ecke, in die meine ehemals beste Freundin da gezogen ist.

Vor den Reihenhäuschen, in denen F. eines bewohnt, führt jeweils ein kurzer Weg über Treppenstufen zur Haustür, den Zugang dazu versperrt ein Gartentürchen. Und das, sehe ich schon von weitem, steht bei F. weit offen, hereinspaziert, ihr Spaziergänger und Nachbarn, macht es euch in unserem Vorgarten gemütlich.

Als ich gerade klingeln will, bemerke ich, dass auch die Haustür einen Spalt breit offensteht. Jetzt läutet die Alarmglocke in meinem Kopf endgültig Sturm.

Beschwichtigung vorbei. Nicht gut, nicht gut.

Ich öffne die Tür vorsichtig und rufe laut ins Haus hinein:

„F.? Bist du da? Halloo?"

Stille.

„Hej F., deine Haustür war offen, hast du gewusst, dass ich komme? Ich bin daaha!"

Stille.

Da höre ich ein leises Trapsen, trapps trapps trapps, von oben und jetzt ein Gepolter auf der Treppe. Helmut!

Der Mops hopst die Treppe herunter, er stürmt auf mich zu, sein kleiner, gedrungener Körper ist kaum zu bändigen, sein Vorn und Hinten verschmelzen vor Freude. Endlich, ein Mensch!

„Ja Helmut, schön, dich mal wieder zu sehen, alter Herr. Grau bist du geworden! Wie geht's dir denn? Und viel wichtiger, wo ist denn dein Frauchen abgeblieben?"

Dass der alte Mops sich so über mein Auftauchen freut, ist kein gutes Zeichen. Normalerweise wendet er so viel Energie nur für sein Frauchen auf. Nicht gut.

Immer wieder versucht er jetzt, mir auf den Schoß zu springen und mein Gesicht abzuschlecken.

„Wo ist sie denn, mhm, Helmut, du alte Falte?"

Ich kraule seine faltige Stirn. Ich erinnere mich noch gut an jenen Tag, als wir Helmut aus einem Tierheim retteten, wo er gelandet war, weil er seinem alten Besitzer zu viel geschnauft und geschnarcht hatte.

Ich blicke mich um.

Das Wohnzimmer sieht aus, als käme es direkt aus dem Möbelhaus, so sauber, aufgeräumt und stilvoll. In der Küche steht eine halbvolle Kaffeetasse auf dem Tisch, dazu ein angebissenes Marmeladenbrot. Sieht nach Frühstück aus, aber eher von gestern als heute.

Hier unten ist schon mal niemand. Weiter geht's nach oben. Schlafzimmer und Bad sind genauso ordentlich, das Bett sieht nicht aus, als hätte F. oder ihr Mann darin geschlafen.

Beklemmende Stille, beklemmende Ordnung.

Also noch ein Stockwerk weiter. Unter dem Dach befindet sich das zweite Wohnzimmer mit Gästebett in der Ecke, auf dem Couchtisch stehen zwei leere Rotweingläser und ein Gläschen mit vertrockneten Salzstangen.

Da: Ein großes, dickes Buch liegt aufgeschlagen daneben, ein kleineres Buch liegt quer darüber, wohl, damit genau diese Seiten offen bleiben. Das ist eine Botschaft! Oder?

Ich stehe im Eingangsbereich und rufe nach F. Wie sieht es denn hier aus? Entsetzt gehe ich von Raum zu Raum, erst ins untere Wohnzimmer, dann in die Küche. Auch in den anderen Stockwerken, im Schlafzimmer, im Bad, im oberen Wohnzimmer – überall liegen Bücher, Klamotten, Geschirr, Dekoartikel verstreut auf dem Boden, Kissen sind aufgerissen, Schubladen stehen offen.

Jemand hat etwas gesucht, der ganz sicher nicht F. war.

Im Schlafzimmer finde ich F.s Mops Helmut piepsend unter dem Bett, und als er mich erkennt, kriecht er schwanzwackelnd hervor. Er freut sich über meine Streicheleinheiten, schmiegt sich eng an mich, zitternd.

Warum habe ich das Gefühl, ich hätte diese Situation schon einmal erlebt, nur anders? Ist dieses Chaos echt oder war es die Ordnung?

Die Erinnerung verschwimmt, vielleicht ist beides echt, vielleicht ist beides nur in meiner Vorstellung. In beiden Szenarien ist eines jedoch gleich: F. ist verschwunden.

Wieso erinnere ich mich ausgerechnet an diese Wohnung so schlecht? Ergibt das eine mehr Sinn als das andere? Wäre die eine Variante besser für die Geschichte?

Wie aufwühlend ist eine saubere, aufgeräumte Wohnung?

Dieses Bild weckt nichts in uns, außer in der Protagonistin, die ihre Freundin kennt. Aber wie das vermitteln? Will ich der Wahrheit treu bleiben oder lieber eine gute Geschichte erzählen? Eine glaubhafte.

Die Wahrheit ist nicht immer eine gute Geschichte, manchmal ist sie einfach nur langweilig. Lügen sind spannender, warum sonst haben wir Menschen das Geschichtenerzählen begonnen? Ja nicht deshalb, um unsere Begegnungen und Erlebnisse genau so darzustellen, wie sie waren.

Bilder sind stärker als Worte, und daher vermischt sich in dieser Szene das, was wirklich geschah, mit dem, was geschehen hätte sollen.

Im oberen Wohnzimmer auf dem Schreibtisch liegt ein Zettel, darauf in hingeschmierter Schrift, als hätte F. es sehr eilig gehabt:

„Sind spontan im Urlaub, hat sich so ergeben. Haben das gewonnen, und einem geschenkten Gaul…, nicht wahr? :) Kannst gern hier bleiben, wenn du magst, Helmut freut sich."

Erschöpft lasse ich mich auf das Sofa plumpsen.

Etwas stimmt nicht, F. verschwindet nicht einfach so, sie lässt kein halbaufgegessenes Frühstück stehen und auch keine Weingläser. Und schon gar nicht vergisst sie, ihre Haustür zu schließen. Sie ist bisweilen verplant, hat tausend Dinge gleichzeitig im Kopf, aber das sieht ihr nicht ähnlich.

Der Mops ist verängstigt. Jemand schien nur darauf gewartet zu haben, bis sie das Haus verließen, um sich dann durch die einzelnen Zimmer zu wühlen.

Was hat er gesucht?

Oder anders ausgedrückt: Was versteckt F.? Weiß sie zu viel?

Ich lege mir zunächst das größere Buch auf den Schoß. Auf der Seite, die F. markiert hat, ist die Bunte Kirche in all ihrer alten Pracht zu sehen. Die Farben leuchten noch, kein Bauzaun versperrt die Sicht und den Zugang.

Auch auf den anderen Seiten befinden sich Bilder verschiedener historischer Orte der Stadt.

Das kleinere Buch, mit dem F. das Bilderbuch eingemerkt hat, trägt den Titel „Das Boot: Märchen und Mythen" und enthält, wie versprochen, all die Geschichten, die man sich seit Jahrzehnten und Jahrhunderten über die Stadt erzählt.

Genau danach habe ich gesucht.

Ich blättere es durch und finde ein Kapitel zur Bunten Kirche. Mein Herz schlägt schneller.

Die Historiker sind sich uneinig, wann der Verfall der Kirche begann, es muss um den Zeitraum des Bedeutungsverlustes der Religionen gewesen sein. Damals verloren die Einwohner der Stadt ihren Glauben an das Höhere, Heilige, sie gaben ihre Religion auf, traten aus, verlachten diejenigen, die noch regelmäßig etwas anbeteten.

Auch wenn sie oftmals behaupteten, sie würden an nichts glauben, stimmte das nicht: Man glaubte jetzt an andere Dinge, an den Fortschritt, das persönliche Glück, sich selbst.

Gebetsräume wurden umfunktioniert, nun befanden sich darin Geschäfte, Cafés, Restaurants, Hotels, oder man überließ sie der alleszerfressenden Natur.

Die Bunte Kirche mit ihrer großen runden Kuppel, die schon immer dagewesen zu sein schien, gehörte zu letzteren: Sie verwitterte, verblich und zerfiel, Gräser und Sträucher überwucherten das Grundstück, Bäumchen ragten aus einzelnen Spalten in den Mauern. Was mit dem Innenleben der Kirche geschah, das einst aus Gold und Silber bestand, auch darüber existieren nur Geschichten, denn niemand hatte sie jemals wieder betreten.

Bis heute rätselten die Stadtbewohner, unabhängig davon, ob sie nun religiös waren oder nicht, warum eine ihrer Lieblingskirchen so verfallen konnte.

Sie rätselten, warum sie noch immer dort stand, warum sie nicht auch zugänglich gemacht wurde oder ganz verschwand.

Mit der Zeit war der Zaun um sie herum immer höher und breiter geworden, während die Kirche zusehends zerfiel. Warum etwas schützen, das so kaputt war? Sollte die Kirche geschützt werden vor ihnen oder sie vor dem, was in der Kirche war?

Die Menschen liebten diese Art von Mysterien, und je weniger sie über etwas wussten, desto mehr begehrten sie es. Sie glaubten zwar an keinen „Gott", aber sie glaubten an den Einfluss der Sterne, an die Wissenschaft oder die Macht ihrer Gedanken. Sie glaubten an Geschichten, die sie aus Film und Fernsehen kannten, sie glaubten an die „Normalität". Und so unberührbar sie sich gaben, ihre Faszination für das Unbekannte, Unergründliche ließ sich einfach nicht abschütteln.

Dass sie da jemand vom Betreten der alten Kirche abhalten wollte, konnten sie sich gut vorstellen. Genauso gut war es aber möglich, dass der Stadt einfach egal war, was mit dieser ehemaligen Gebetsstätte geschah, solange es sie weder Mühe noch Geld kostete.

Und so gewöhnten sich die Bewohner der Stadt an die zerfallene, blassbunte und mit einem Bauzaun versperrte Kirche, bis sich bald niemand mehr kümmerte, was sich in ihr und um sie herum ereignete.

Das war genau der Zustand, den der Mann, der die Kirche noch bewohnte, herbeigesehnt hatte.

Das Geheimnis des alten Priesters. Lautet die Überschrift der nächsten Geschichte, und sie scheint schon öfter gelesen worden zu sein, denn das kleine Buch bleibt hier ohne Probleme offen liegen.

Was F. interessiert, interessiert auch mich, denke ich zufrieden. Meine Methode funktioniert.

Gib mir Zeichen, F., und ich finde sie. Die besondere Verbindung, die uns einst zu besten Freundinnen machte, ist noch da.

Das Geheimnis des alten Priesters. Es war einmal ein Priester, der war unter den Menschen beliebt, denn er half ihnen, so viel und oft er konnte, er hatte stets ein offenes Ohr und verurteilte niemanden. Seine Gottesdienste gestaltete er abwechslungsreich, seine Predigten inspirierend, und seinen Einfluss nutzte er für Gutes. Die Menschen strömten in seine Kirche, sie wollten ihn hören und auch sehen, denn er hatte nicht nur Charisma, sondern auch gutes Aussehen.

Das war ein Punkt, den sie nie verstanden hatten, und weswegen ihn manche für einen Heiligen hielten. Warum hatte dieser nette, hübsche junge Mann keine eigene

Familie? Doch der Priester blieb allein und er schien es gern zu sein.

Eines Tages verschwand er.

Er kam nicht mehr zum Gottesdienst, zu keiner Gemeindeveranstaltung und nicht zum Obdachlosenheim, das er täglich besucht hatte. Die besorgten Gemeindemitglieder fanden Hinweise auf seinen Verbleib weder in seiner Wohnung noch in seiner Kirche, und niemand, den sie befragten, wusste etwas. Einige böse Zungen sahen sich nun bestätigt: Ihr Priester hatte ein Geheimnis gehabt.

Es vergingen die Tage, Wochen, Monate, inzwischen war ein neuer Priester im Amt und langsam gewöhnten sich die Menschen an ihn.

Als sie eines Sonntags seinem Gottesdienst, der nicht mehr so aufregend war wie vorher, folgten, trat plötzlich der alte Priester aus der Sakristei in den Altarraum.

Die Leute erzählten sich, dass sie ihn zuerst nicht erkannten, denn seine Klamotten waren zerrissen und sein Gesicht zerfurcht, Kopf- und Barthaare waren lang und ungepflegt. Er sah aus wie einer der Obdachlosen, um die er sich immer so hingebungsvoll gekümmert hatte.

In seinen Blick interpretierte jeder, der ihn damals sah, etwas anderes: Den Berichten zufolge blickte er traurig, verwirrt, ruhig, lächelnd, hasserfüllt, aufgeregt, wobei die Mehrheit vor allem auf sein Gebaren achtete.

Nachdem er zunächst einige Minuten dagestanden und sich umgesehen hatte, als wäre er noch nie im Inneren dieser Kirche gewesen, fiel er auf seine Knie, weinend, dankend, dann stand er lachend auf und marschierte Richtung Pult.

Vor Schreck und Erstaunen hielt jeder die Luft an und ihn niemand auf.

„Halleluja, ich sage euch", rief er in die Menge, „ich habe sie gesehen, ich habe sie gespürt, und jetzt ist alles anders. Ja – jetzt bin *ich* anders, jetzt erkenne ich das Falsche, die Schatten, und die Dinge, wie sie wirklich sind. Geblendet vom Licht ward ich, als ich heraustrat in jenem Moment, eine Gänsehaut überkam mich, ich wusste, ich habe es geschafft aus einem wichtigen Grund! Um euch zu sagen, was anders werden muss, um euch zu sagen, wie wir weitermachen müssen, um diese Stadt wieder zu der zu machen, die sie einst war!"

Die Leute ächzten. Er hatte also den Verstand verloren. Nicht dass sie noch Hoffnung für ihn gehabt hatten, aber schade war es schon drum. Einer nach dem anderen verließ die Kirche, Mütter und Väter schoben ihre Kinder, die sich prächtig amüsierten, klatschten und lachten, hastig hinaus, bevor sich diese noch etwas von dem Wirrwarr aneigneten.

So vergingen die Jahre.

Der alte Priester lebte abwechselnd auf der Straße, im Obdachlosenheim oder ward tagelang nicht gesehen und niemand wusste, wo er dann verblieb.

Es interessierte aber auch niemanden, denn alle waren froh, das verrückte Zeug, das der Alte von sich gab, nicht mehr hören zu müssen. Sie hatten ja schon einiges erlebt, aber so einen Typen? Der nur in Bildern sprach und so tat, als hätte er die Weisheit mit Löffeln gefressen? Als wären alle anderen um ihn herum diejenigen, die nichts verstanden und blind vor sich hin vegetierten.

Nein, ihr Leben war schon schwer genug, da konnten sie gut und gern auf solch Gehabe verzichten. Die Stadt tat schon alles dafür, dass sie sich wie der letzte Abschaum fühlten, wie eine unglücklich gewachsene Warze, die so gut wie möglich versteckt oder herausgeschnitten werden muss. Als hätten sie nicht schon genug mit ihren eigenen Schuld- und Schamgefühlen zu kämpfen.

Einige, die schon länger im Obdachlosenheim lebten, hatten solche Typen wie den alten Priester bereits öfters erlebt. Alle paar Jahre kam einer von denen und meinte, er oder sie müsse sich jetzt aufspielen und ihnen den Himmel versprechen, wenn sie sich nur so oder so verhielten.

Mit ihnen einen Aufstand anzettelten. Die große Revolution begannen. Die Reichen ausraubten und das Raubgut verteilten. Häuser besetzten. Graffiti sprayten. Solche Sachen.

Jedes Mal hatten sie diese verwirrten Menschen reden lassen, so lange, bis diese sich selbst beruhigten oder eines Tages verschwanden. Die meisten verschwanden.

Dieser Priester nun sprach in Bildern wie diesen:

„Ich komme aus der Höhle, von unten nach oben, jaaa, ich ward dort unten, hab' sie gesehen, die Schatten, hab' sie erkannt als das, was sie sind, jaaa, wer mir folgt, dem öffne ich die Augen, wie sie mir geöffnet!"

„In der Wüste ward ich, durstig, verdurstend, Wasser, Wasser, wo? Alles gleich, Dünen hier, Dünen dort, Flimmern, ich trank meine Tränen und meinen Schweiß, anderes Wasser kannt' ich nicht! Doch da, was sehen meine vertrockneten Augen dort hinten am Horizont? Ein grüner Fleck, ich fand den Weg, ist es eine Fata Morgana? Eine Palme? Eine Oase! Es ist echt, oh Gott, ich trinke, ich ruhe, ich bin erlöst, gerettet! Kommt alle her zu meiner Oase, ich zeige euch den Weg!"

„Aus der Höhle trat ich heraus und ward geblendet von der Sonne, jetzt kenne ich euch, erkenne ich euch, ja, ich sehe, was ihr angestellt mit meiner Stadt, welch Moloch es geworden, und ich weiß nun, warum niemand diesen Weg gehen soll, den ich gegangen. Es ist der Weg deren Verdammnis und eurer Befreiung, wir sollen blind bleiben, höret, blind! Geblendet ward ich vom Licht der Erkenntnis, alles, was im Dunkeln lag, liegt offen und nackt vor mir. Welch Schmach, welch Pein, in welcher Dunkelheit wir lebten, oh Graus. Folget mir, ich bin der, der euch den Weg zeigt aus dem Schatten ins Licht!"

Ein Prediger, der den Boden unter den Füßen verloren hatte, der etwas Schlimmes erlebt haben musste, und jetzt den Sinn für die Realität vermisste.

Die anderen zuckten die Schultern, sie waren unterhalten worden, aber jetzt ging es wieder ans tägliche Überleben.

Die Bunte Kirche schloss eines Tages für immer ihre Türen, nicht nur aus Mangel an Gläubigen, sondern auch, weil der alte Priester seit Jahren versuchte, die Predigten zu übernehmen und die Menschen zu bekehren. Er trieb es so weit, dass niemand mehr freiwillig die Kirche betrat, selbst der aktuelle Priester nicht, der schon lange seine Versetzung beantragt hatte.

Und so schlossen sich die Türen, und der alte Priester hatte zumindest eines erreicht: Die Bunte Kirche gehörte nun ihm ganz allein.

Seit jenem Tag hütet er dieses ehemalige Gotteshaus, und die Menschen sind sich nicht sicher, ob er noch lebt oder ob das sein Geist ist, der in den alten Gemäuern spukt. Niemand wagt es, die Kirche zu betreten, sie sei verflucht, munkeln sie, und wer ihre Grenzen missachtet, der kehrt nie mehr zurück.

Deshalb lass dir gesagt sein, du Wanderer, der du vermeintlich den Ruf verspürst, dem Geheimnis der Bunten Kirche nachzugehen: Du wirst nicht finden, was du ersehnst, nur den Tod oder Schlimmeres; suche nach etwas anderem, Leichterem, Schönerem, bleibe bei deiner Familie und kümmere dich nicht um Geschichten, die dich das Leben kosten. Lebe, genieße, sei glücklich und sorge dich nicht. Mache etwas nicht zu deiner Geschichte, weil deine dich langweilt. Lass die alten Geschichten Geschichte sein, schreib deine eigenen!

Die vielen Geschichten haben mich hungrig gemacht. Ich gehe in die Küche hinunter und hoffe, dass sich F. nur in bestimmter Hinsicht geändert hat – und ich habe Glück: Im Kühlschrank befinden sich allerlei noch ungeöffnete Köstlichkeiten und in der Gefriertruhe hat sie – wie damals schon – ein paar vorgekochte Mahlzeiten in Plastikboxen aufbewahrt. Herrlich.

Mein Magen knurrte vorhin so laut, dass ich meine eigenen Gedanken nicht mehr hörte. Jetzt, wo er wieder leise ist, wird mir meine seltsame Situation erst bewusst.

Wo zur Hölle auf Erden bin ich hier hineingeraten?

Die zwei Bücher wurden eindeutig absichtlich so hinterlassen, das spüre ich. F. wollte, dass ich die Bilder der Bunten Kirche sehe und die Geschichte des alten Priesters lese.

Oder war es das Letzte, das sie nachschlug, bevor sie verschwand?

Ich habe doch einen alten Mann an der Kirche getroffen, das muss er gewesen sein! So gruselig, so kryptisch, wie der war!

Aber wohin war F. verschwunden, und wer hatte für dieses Chaos – oder diese Ordnung? – gesorgt?!

Warum ist mir ausgerechnet diese Szene so vernebelt im Gedächtnis? Der Rest der Geschichte existiert in klaren Bildern.

Vielleicht schäme ich mich bis heute, vielleicht fliehe ich vor meinen Gefühlen, habe Angst, sie zuzulassen.

Alles, was nach diesem Nachmittag in F.s Wohnung geschah, verschwimmt zunehmend vor meinen Augen.

Vielleicht ist auch das schon, diese Szene in F.s Wohnung, von mir so platziert, dass sie in der Erzählung Sinn ergibt.

Ich weiß es nicht.

Das ist das Gefährliche an Erinnerungen. Manchmal verwechseln wir sie mit der Wirklichkeit, und doch entstammen die Bilder nur unseren Träumen und Ängsten. Wenn wir die Vergangenheit erzählen, wenn wir daraus eine Geschichte spinnen, die Anfang, Ende und einen roten Faden hat – wie kann sie wahr sein?

Vielleicht soll sie *uns* wahr sein, sie tröstet, sie dient unserem Zweck.

Ich blicke mich in der Küche und im Wohnzimmer um. Ich suche nach Zeichen, die in meinen geliebten Krimis die Detektivin als Hinweis für den Verbleib der

Vermissten dienen. Oder als Hinweis auf die Entführer. Wenn F. entführt worden ist. Wir werden sehen.

Im Wandregal ragen zwei Bücher ein Stück weit heraus, als hätte sie jemand gerade erst zurückgestellt. Der Titel des einen Buchs lautet „Die Suche nach dem Glück", der andere „Das Ende, aber richtig – wie ich mit schlechten Gewohnheiten breche". Ist das eine versteckte Botschaft?

An den Wänden im Schlafzimmer hängen Plakate mit den Aufschriften „STOP – in the name of love" und „Höre auf zu suchen und du wirst finden".

Das war jetzt ein wenig zu viel der Botschaften, oder? Stopp? Aufhören zu suchen? Wer spricht da zu mir? Oder sind das nur Zufälle?

Wie hatte eine ehemalige Lehrerin immer zu uns gesagt: Wer Zeichen sucht, findet sie auch. Die Interpretation unserer Umwelt ist das Einzige, was wir in einer unbe-rechenbaren, kontingenten Welt beeinflussen, auf das wir uns verlassen können.

Tja. Wer auch immer mir mitteilen will oder auch nicht, ich solle doch besser aufhören, sei es aus Liebe oder nicht, der hat sich in mir getäuscht. Etwas stinkt bis zum graubewölkten Himmel und das kann ich nicht auf sich beruhen lassen. Wenn ich jetzt aufgäbe, könnte ich meinen Lebtag lang nicht mehr schlafen.

Unruhig tigere ich im Wohnzimmer auf und ab. Mops Helmut beobachtet mich mit seinen Glubschaugen, bis ihm die Lider schwer werden und die Vorderbeine einknicken.

Bleierne Beine, müdes Herz. Die durchtanzte Nacht macht sich nun auch bei mir bemerkbar. Zu viele Eindrücke, zu viele Gedanken, zu viel zu tun – nur wo beginnen?

Ich lasse mich auf die Couch fallen und schlafe innerhalb weniger Sekunden ein.

Die Stadt

Ich gähne.

Schon wieder ein neuer Tag und alles beginnt von vorne.

Müde recke ich meine Gliedmaßen, es knirscht und knackt auf allen Seiten.

Diese faulen Menschlein sollten sich ein wenig mehr Mühe geben mit mir, denn wenn sie weiterhin so schlafwandeln, zerfalle ich noch in tausend Teile, und das wäre für jeden von uns bedauerlich.

Hauptsächlich für sie, ich bin schließlich eine Stadt, und steter Wandel, Verfall und Wiederaufbau sind meine natürlichen Wegbegleiter. Sterben ein paar Menschlein, verbrenne ich in Schutt und Asche, was auch immer in mir geschieht – ich bleibe.

Dann bauen sie mich eben wieder auf, Glanz und Gloria auf Ruinen.

Mein Problem ist vielmehr, dass ich mich nicht vom Fleck wegbewegen kann. Ich mag mich in Größe und Form, mal nach oben, mal nach unten, rechts und links ausdehnen, doch weiter weg kann ich nicht gehen. Ich besuchte zum Beispiel gerne mal meine Freundinnen im Süden oder verpasste meinem Nachbarn einen Tritt in den – pardon – Hintern dafür, dass er mich über Jahrzehnte hinweg schlechtgeredet hat. Dafür, dass er mich nie zu seinen Partys eingeladen hat. Er hatte es nicht leicht das letzte Jahrhundert, muss ich ja zugeben, aber er ist auferstanden von den Toten, als wäre nie etwas geschehen.

Können Städte vergessen, fragen Sie?

Niemals.

Schauen Sie uns an.

Sie können noch so oft alles plattwalzen, was Sie an unserer Geschichte stört, aber unsere Erinnerungen, die löschen Sie nicht.

Jedes Steinchen erzählt von damals, und egal, wie tief Sie es vergraben, wie klein Sie es zermalmen, es verschwindet nicht.

Meine Wurzeln reichen tief, Schicht auf Schicht liegen die Erinnerungen, die Bilder von früher. Steine, Knochen, Keramik, alles ist klein und platt und immer noch da.

Sehen Sie, mich zum Beispiel hat man lange ignoriert. Ich wurde benutzt, ich war ihnen recht, für was auch immer sie benötigten.

Aber geliebt? Hat man mich lange nicht.

Selbst jetzt spüre ich, dass man mir andere Städte vorzieht.

Was kann ich dafür, was die Menschlein in mir so lange trieben? Was kann ich dafür, dass sie riesige Gebäude mit diesen langen, stinkenden, rußigen Rohren bauten, die mir tagtäglich die Sicht vermiesten und meine Lungen schwärzten?

Das ist auch ein Grund, warum ich ab und zu husten muss. Die Menschlein denken, das kommt von der Erde, wie ein Erdbeben oder so. Aber nein, das bin ich.

Ich huste, weil dieser vermaledeite Rauch überall ist und ich keine frische Luft mehr bekomme. Nur nachts, da ist es besser, aber dafür ist da neuerdings dieser zähe Nebel, der ist mir ein wenig gruselig.

Jaja, lachen Sie jetzt nur, ich bin eine mittelalte Dame – mein Alter verrate ich Ihnen jetzt nicht – mit allerlei

Krankheiten, die sich ein wenig mehr Gesellschaft und Anerkennung wünscht.

Ich existiere schließlich nicht nur für Sie!

Sie denken also, ich würde nicht existieren, wenn es Sie nicht gäbe? Das ist Ihre Meinung, die dürfen Sie freilich gerne haben! Ich für meinen Teil weiß, es würde mich geben, vielleicht nicht in dieser Form, vielleicht nicht in diesem Land, aber irgendwo ganz sicher!

Mit dem seltsamen Nebel ist auch eine Kälte in mich eingezogen, die mir wirklich Sorgen macht. Und ich meine nicht die Kälte, die mich in den dunkelsten Winterstunden zittern lässt. Ich meine eine Kälte, die sich unter den Menschlein ausgebreitet hat, die tiefer geht.

Ich verstehe diese Miniwesen wirklich nur zu einem gewissen Teil, sie sind mir doch ähnlicher, als sie wahrscheinlich vermuten. Aber das, was sie ausmacht, oder besser, was ich immer *dachte*, was sie ausmacht, ging in den letzten Jahren zunehmend verloren. Die Freude, das Lachen, das Miteinander. Niemand grüßt sich mehr auf der Straße. Sie geben nicht mehr aufeinander acht, und wenn einer von ihnen stürzt, gehen sie ohne zu zögern weiter oder bleiben stehen, um sich des anderen Leid anzusehen. Sich davon unterhalten zu lassen.

Vieles an diesen Zweibeinern ekelt mich ja.

Allein wie sie zur Welt kommen. Unter Geschrei und Blut und Kot und sehr viel Tamtam kommt dann so ein verschleimtes Etwas aus ihnen herausgeflutscht, das unbeholfen über viele Jahre an der Seite seiner Erzeuger leben muss, bis es endlich selbstständig überleben kann.

Und dann nutzen sie dieses unter Qualen geborene Leben für nichts anderes, als das der anderen schwer zu machen.

Beileibe, da bin ich froh, eine Stadt zu sein, wenngleich ich bisweilen daran verzweifle.

Ob die kleinen Menschlein auch so oft über die Gründe und den Sinn ihrer Existenz nachdenken?

Ich meine, was ist schon eine „Stadt"? Und was unterscheidet mich von den anderen? Mein Aussehen? Mein Charakter? Die Lebewesen darin?

Seit ein paar Jahren fühle ich mich immer seltsamer, als wäre ich nicht ich, sondern ein Fremdkörper. Als hätte jemand anders die Macht über mich übernommen, und ich kann von meinem gelähmten Körper aus nur zusehen.

Was passiert in mir?

Unheimliche Dinge gehen vor, das spüre ich, durchgehend habe ich Gänsehaut. Ja, auch Städte können eine solche haben, aber dazu muss etwas ordentlich schief laufen.

Ich kann es nicht genau erklären, denn wie ich bereits erwähnte, verstehe ich diese Lebewesen in mir nicht. Einerseits laufen sie lachend in Gruppen durch die Straßen, dann kehren sie in ihre eckigen Höhlen zurück und weinen und schreien und liegen still den restlichen Tag bis zum nächsten Morgen.

Dann geht alles von vorne los.

Gebeugt, mit fahlem Gesicht und schnellen Schritten, kommen sie aus der einen Höhle und hetzen zu einer anderen, wo sie den ganzen Tag sitzen und in einen Kasten starren, etwas bauen oder ihresgleichen helfen, und gegen Abend kehren sie zurück.

Und das jeden Tag.

Diese Menschlein – es ist die Mehrheit meiner Einwohner – bereiten mir zwar Sorgen, weil das doch nicht gesund sein kann und glücklich sehen sie auch nicht aus. Aber was weiß ich schon.

Wirkliche Kopfschmerzen bereiten mir diejenigen in den größten Häusern, die eine andere Lebensweise haben, die täglich große Feste feiern, in großen schwarzen Autos umherfahren, die jeden Tag auf andere Weise verbringen, sie wirken glücklicher als die Mehrheit der Menschlein, aber auch nur auf den ersten Blick.

Warum müssen die einen so leben und die anderen so? Wer entscheidet das?

Haben Städte ein Bauchgefühl?

Wahrscheinlich nicht, es ist wohl eher meine Erfahrung, meine jahrhundertealte. Wobei ich selbst noch nicht so alt bin wie andere meiner geschätzten Kolleginnen, ja, *die* haben schon tausendfach mehr gesehen als ich!

Zum Glück gibt es das sogenannte „Jahrtausendwissen der Städte", und wenn du eine Stadt bist, dann weißt du manches einfach, es wird dir in die Wiege gelegt.

Wissen Sie, ich will ja nicht angeben, aber wir können sehr viel. Zum Beispiel alles mithören, was in uns gesprochen, gespielt, gesungen wird. Und alles beobachten, was in uns geschieht, bis in die dunkelste Ecke.

Jaja, ich weiß, gerade habe ich noch so getan, als wüsste ich nichts und hätte keine Ahnung, was die Menschlein in mir so treiben. Aber stellen Sie sich vor, ich würde alles ausplaudern, was diese lächerlich kleinen Gehirnchen aushecken, welche bösen Dinge sie begehen, welch beschämende Taten!

Freilich könnte ich mich einmischen und so manches verhindern. In meinen schwachen Momenten tue ich das auch.

Aber das ist nicht meine Aufgabe. Sehen Sie mich nicht so an, es ist einfach nicht meine Aufgabe. Ich stelle den Raum, die natürlichen Gegebenheiten, die Atmosphäre, mein Wesen. Was die Lebewesen in mir und mit mir anstellen, wie sie meinen Charakter formen, das beeinflusse ich nicht. Es ist manchmal eine Schande zu beobachten, und natürlich wüsste ich es meistens besser. Aber es ist einfach nicht meine Aufgabe.

Wenn ich jetzt verriete, was ich weiß über zukünftige Pläne dieser bestimmten Gruppe an Bewohnern, nein, das würden Sie mir niemals glauben, und was nützte es Ihnen auch? Sie würden es nicht verstehen. Tue ich ja auch nicht. Wie soll man ein Verhalten verstehen, das sich gänzlich gegen die eigene Art richtet?

Ich weiß, dass die Menschen, die den Weg in meine Eingeweide, in meine tiefsten Geheimnisse, finden, sich dort unten verlieren, und wenn sie an die Oberfläche zurückkehren, sind sie nicht mehr dieselben, sie werden ausgegrenzt und weggesperrt, wenn sie sich nicht vorher schon für einen Ausweg aus ihrem Leiden entscheiden.

Ja, meine Eingeweide enthalten den krassen Stoff, den nicht jeder verträgt. Selbst ich meide es zumeist, hinunterzugehen, die Leichen auf dem Weg sind mir mittlerweile ein Graus.

Was kann ich dafür, wenn sich diese nichtsahnenden, unwissenden Menschlein auf einen so gefährlichen Weg machen? Das Ganze ist doch freiwillig! Dann räumt gefälligst eure Hinterlassenschaften fort!

Ich schweife ab.

Was ich in meinem Monolog hier ausdrücken wollte, ist Folgendes: Ich wollte mich vorstellen, und Ihnen meine Existenz bewusst machen. Ich bin ein Raum mit Bewusstsein, also verhaltet euch nicht, als wäre dem nicht so. Als wäre ich toter Stein, Boden, nur für euch gemacht. Wenn ich wollte, könnte ich meine Nichtexistenz, mein Verschwinden beschließen. Wenn ich wollte.

Aber noch ist diese Geschichte nicht zu Ende, und ich hätte gerne, dass sie nicht so endet, wonach es gerade aussieht. Ich könnte mich zurücklehnen und abwarten, gleichgültig ob der vielen Leben in mir, was gehen sie mich an, ich überlebe sowieso. Aber Gleichgültigkeit ist schlimmer als Hass, und sie entspricht nicht meinem Wesen.

So, jetzt entschuldigen Sie mich bitte, der Nebel macht mich müde, ich muss schlafen. Mal sehen, was ich heute wieder träume.

Und wer weiß, vielleicht sieht unser Morgen ja schon ganz anders aus?

Ich schrecke aus einem tiefen, traumlosen Schlaf auf. Ich kann meine Beine nicht bewegen! Wo bin ich? Und wer? Als ich zu meinen tauben Füßen hinuntersehe, schmunzle ich erleichtert. Helmut hat sich zwischen meinen Waden eingekuschelt und schnarcht lauthals. Ach, Helmi. Was machen wir nur mit dir?

Ein paar Stunden bleiben mir noch bis zu meinem Treffen mit der nächsten unbekannten Person. Schnitzeljagd: von einer Geschichte zur nächsten, ohne zu wissen, wer oder was am Ende auf mich wartet. Ein Schatz? Der Tod?

So dramatische Gedanken schon wieder, L., reiß dich mal zusammen. Ist doch hier kein Horrorfilm oder Thriller. Du bist ein gewöhnlicher Mensch, keine Romanfigur, der ständig aufregende Dinge passieren. Vermutlich ist das alles sowieso reines Produkt deiner zugegebenermaßen starken Vorstellungskraft, ermahne ich mich selbst.

Ich beschließe, bis abends in F.s Wohnung zu warten, vielleicht etwas aufzuräumen, das Erlebte aufzuschreiben.

Das ist eine dieser Pausen, die in Filmen einfach übersprungen werden, Schnitt, nächste Begegnung, Schnitt, und *action*. Das echte Leben sieht anders aus, da musst du die langweiligen Stunden des Nichtstuns aussitzen. Hausarbeit erledigen. Hygiene. Menschlichen Bedürfnissen nachgehen. Ausharren, bis wieder etwas passiert, und meistens tut es das nicht, wenn du nicht selbst etwas ins Rollen bringst.

Erleben Menschen Filmreifes, die den ganzen Tag nur im Bett liegen? Wohl kaum.

Wenn ich einfach hier bleibe, mich verstecke bis zum Tag meiner Abreise, was geschähe dann? Kämen die anderen Protagonistinnen auf mich zu? Holten sie mich hier heraus und steckten mich wieder hinein ins Geschehen? Gehöre ich zur Erzählung oder bin ich nur zufällig hineingeraten, aus Versehen Teil einer größeren Geschichte, die, wenn nicht mir, jemand anderem zustieße?

Es muss so sein, ich kann mir nicht vorstellen, warum ausgerechnet ich eine besondere Rolle in einem solchen Abenteuer spielen sollte.

Ich bin ein durch und durch durchschnittlicher Mensch: Ich bin nicht schön, auch nicht hässlich, nicht dick, nicht dünn, nicht genial und nicht dumm; meine Familie ist weder reich noch arm, wir haben keine interessante Ahnengeschichte und leben schon Jahrhunderte dort, wo ich aufgewachsen bin. Ich habe keine ausgefallenen Talente, bin weder allzu sportlich noch faul, habe keine besonderen Hobbys, weswegen ich die Frage nach diesen für die persönliche Charakterprofilierung scheue; ich probiere mich aus, mache von allem ein bisschen und wenn es zu anstrengend wird, verpufft meine Motivation, als wäre sie nie gewesen.

Weder in der Schule noch im Studium fiel ich auf, ich hatte durchschnittliche Noten, kein Fach interessierte mich so, dass ich mich darin freiwillig mehr engagiert hätte, und so blieb auch meine Ausbildung durchschnittlich.

Als die anderen Mädchen sich plötzlich für Jungs interessierten, fand ich das doof, aber ich machte mit, auch wenn ich es nie ganz verstand, warum man sich für Männer interessieren sollte, wenn es doch Frauen gab. Aber ich war durchschnittlich und wollte es sein, denn wer wäre ich schon, bei diesem Thema aus dem Rahmen zu fallen? Das hätte zu viel Aufmerksamkeit auf mich gelenkt.

Zweimal fand ich Männer, die ich liebte und die mir das Herz brachen, doch daran war auch ich schuld, weil ich sie früher oder später von mir stieß, gelangweilt und auf der Suche nach mir.

Verständlich, dachte ich jedes Mal, dass sie mich durch eine jüngere und schönere Frau ersetzt hatten, ich war viel zu fade und durchschnittlich und dort draußen warteten so viele interessante Frauen, warum die Zeit also mit mir verbringen?

Ich war Statistin in meinem eigenen Leben, gelangweilt von den Erwartungen der Gesellschaft und ohne den Mut, etwas daran zu ändern.

Kein Wunder also, dass mich das Leben dazu zwingen musste, aus dem Hintergrund nach vorne zu treten, von den Zuschauerrängen hinunter auf die Bühne – im Unglück steckt immer auch das Glück.

Wer das Abenteuer scheut, sollte zuhause bleiben, sollte nicht in Städte zurückkehren, die einen im Traum rufen, sollte nicht in sich plötzlich öffnende Türen treten, sollte Märchen nicht für bare Münze nehmen.

Lange hatte mir das auch genügt, doch plötzlich war ich es leid, nur von anderen und über andere zu lesen. Ich wollte endlich mein eigenes Kapitel schreiben, auch wenn es mich alles kostete.

Ob Menschen wie Ewa sich auch so viele Gedanken über ihre Rolle als Hauptfigur machen? Oder sind sie es einfach und hinterfragen das nicht wie regelmäßiges Essen und Zähneputzen?

Gegen Abend bringe ich Helmut zu F.s Nachbarn gegenüber, die sich offen zeigen, bis zur Rückkehr von F. auf ihn aufzupassen – ich habe diese in drei Tagen angesetzt, sie müssen ja nicht wissen, dass ich selbst keine Ahnung habe.

Wenn F. bis dahin immer noch ohne Lebenszeichen verschwunden bleibt, müssen wir sowieso die Polizei rufen, auch wenn ich bezweifle, dies würde etwas helfen.

F. ist wegen mir und der Geschichte um die Unterirdischen Seen verschwunden, da werde ich mir immer sicherer. Und wenn die Sache so groß ist, wie sie erscheint, dann kann die Polizei wenig ausrichten.

Dann geht das weiter und tiefer, als es irgendwer von uns je beeinflussen könnte.

Diese Begegnung, von der ich gleich erzähle, war die seltsamste meines ganzen Lebens, und noch immer weiß ich nicht, was erfunden und was wahr ist.

Und können wir es je?

Ab einem gewissen Punkt geht es nur noch darum, was wir glauben *wollen* und was nicht, was in unsere eigene Geschichte passt und was wir aussortieren, weil wir ruhiger schlafen, wenn dem allem nicht so ist.

Die Geschichten, die mir an diesem Abend erzählt wurden, hätten mein Leben auf den Kopf gestellt, wäre es nicht sowieso anders verlaufen als geplant.

Grundsätzlich glaube ich nur das, was ich am eigenen Leib erfahre, und jedes Dogma, jede Ideologie, alles eben, was die Welt nur durch einen ausgewählten Filter betrachtet, ist mir von Grund auf suspekt.

So ist es auch mit den Geschichten: Es gibt diejenigen, die ich gut und gerne glauben kann und will, und dann gibt es die, für die nicht mal meine ausgeprägte Vorstellungskraft ausreicht.

Selbst wenn ich es mit eigenen Augen bezeugte, selbst wenn ich es schon am eigenen Leib spürte – kaum zu glauben, welche Grausamkeiten wir Menschen uns gegenseitig antun.

Und trotzdem versuche ich stets, diese Geschichten zu vergessen, sie nicht als Grund und Mittel zu missbrauchen, wenn ich anderen Menschen begegne. Diese ohne Filter zu betrachten, ist die vielleicht härteste Übung der Welt.

Bis heute wirkt die Begegnung in der *Biblioteka* in mir nach.

Das, was ich an diesem Abend hörte, die Person, die ich an diesem Abend traf, dafür braucht es Jahre, vielleicht sogar ein Leben lang, um es zu verstehen – wenn das überhaupt möglich ist.

Ich hoffe, ich habe nichts vergessen, was mir damals erzählt wurde, und ich bin gespannt, ob die Geschichten auch auf Sie die Wirkung zeigen, die sie auf mich hatten.

Doch der Reihe nach.

Es handelte sich um eine dieser städtischen Geschichten, von denen weder Ursprung noch Wahrheitsgehalt bekannt sind.

Doch da Menschen nur jene Geschichten weitergeben, die einen besonderen Unterhaltungs- und Erfahrungswert enthalten, wunderte ich mich nicht über ihre Existenz.

Das nämlich war eine außergewöhnliche Geschichte über einen außergewöhnlichen Bewohner dieser außergewöhnlichen Stadt, die meisten hielten ihn für verrückt, manche für genial, aber alle hielten ihn für einen Außenseiter.

Er sei schon von Anfang an dabei gewesen, munkelte man, als der erste Massenansturm auf die Unterirdischen Seen stattgefunden habe. Er kenne alle Geschichten, auch jene, die sich niemand mehr erzählt, und wahrscheinlich kenne er auch den Weg zu den Seen, doch keiner habe es bisher geschafft, diesen aus ihm hervorzulocken.

Wenn die Leute von ihm erzählten, lachten sie und machten mit der Hand eine Geste, die Besagtem jede geistige Zurechnungsfähigkeit absprach. Peinlich berührt wechselten sie dann schnell das Thema.

Was sie nicht wussten: Sie machten ihn mir dadurch nur interessanter. Auch wenn ich dies alles erst nach unserer Begegnung erfuhr, sprach es für mich doch dafür, das Gesagte ernster zu nehmen, als ich geneigt war. Ich liebe den Perspektivwechsel, und wer kann mir diesen besser vermitteln als jemand, der die Gesellschaft vom Rand aus betrachtet?

Ja, ich habe eine geheime Vorliebe für Außenseiter, schon immer.

Eine Geschichte, die mir meine Mutter oft erzählte, vielleicht um zu zeigen, wie komisch ich bin, lautete wie folgt: Als ich einmal im Alter von ungefähr zehn Jahren mit meiner Familie ein Schauspiel besuchte, bei dem ein

Prinz eine Prinzessin aus den Fängen eines Drachen befreit und diesen dafür tötet, musste ich so sehr um den Drachen weinen, dass sich die Leute verwundert umdrehten. Ich hatte einen Hass auf den Prinzen, wie konnte er es wagen, allein wegen einer einzigen Frau, die das Glück hatte, in einem bestimmten Stand geboren zu werden, ein uraltes, sagenhaftes, einzigartiges Wesen zu töten?!

Vielleicht war es das letzte seiner Art? Vielleicht war es verliebt in die Prinzessin und wollte ihr gar nichts Böses? Aber nein, der Prinz musste seiner Rolle gerecht werden und den Helden spielen.

Buh, langweilig.

Als ich an diesem Abend die Kneipe *Biblioteka* betrete, weiß ich noch nicht, auf wen ich treffe. Nur, dass es eine Person ist, die mir noch mehr Geheimnisse offenbaren wird.

Weil meine Fantasie nicht anders kann, als sich das Ungewisse bunt zu malen, stelle ich mir aufgrund der Geheimnistuerei einen Mann im Anzug vor, Geheimagentenkluft, stilvoll an der Bar ein Glas Whiskey trinkend, Pfeife rauchend.

Diese Bilder sind so willkürlich, dass ich mir das Lachen verkneifen muss. Was mich dann wirklich erwartete, hätte ich mir gar nicht ausmalen können.

Diese wundersame Stadt ist voller Überraschungen.

Ich öffne die Tür und steige die paar Stufen in die Bar hinunter. Am Tresen bestelle ich ein Alibigetränk, denn ich brauche etwas, das ich in der Hand halten und an dem ich ab und zu nippen kann.

Mein Herz schlägt wie wild und ich weiß noch nicht, warum. Vielleicht, weil es sich um einen dieser wichtigen Momente im Leben handelt und ich dies insgeheim schon ahne, vielleicht auch, weil ich diese Art von Situationen nicht mag, in denen ich einen Unbekannten treffe, der noch dazu nichts von seinem Glück weiß, von dem ich aber etwas zu bekommen erhoffe. Ich weiß ja, dass man manchmal Hilfe braucht – und die brauche ich gerade dringend, aber am liebsten hätte ich es eben ganz allein geschafft.

Von der Bar aus bewege ich mich langsam in die Tiefen des dunklen Raums hinein, trotz meiner Nachtblindheit so aufmerksam wie möglich die Anwesenden musternd.

Im ersten Raum ist er nicht. Hier sitzen vor allem Zweier- und Dreiergrüppchen, platonisch und romantisch, die die Atmosphäre dieser Bar so genießen wie ich. Dunkelheit, Kerzenlicht, alte Holztische und -stühle, in den Regalen alte Bücher.

Er muss im zweiten Raum sein.

Ich ahne, dass er links am Ecktisch sitzt, will mir selbst aber noch Zeit geben für das, was gleich geschieht. Ich lasse meinen Blick langsam schweifen, vom Ecktisch rechts in die hinteren Enden des Raums, bis ich schließlich in der linken Ecke stehen bleibe.

Ich erstarre. Schnell fasse ich mich aber und setze mein gewinnendstes Lächeln auf.

Vor mir sitzt ein ausgewachsener Braunbär und sieht mich genervt an.

„Kann ich helfen?", brummt dieser. „Ich bin keine Touristenattraktion. Kann man denn hier nicht mal mehr in Ruhe sein Bier trinken", grantelt er in seinen Ganzkörperbraunbärenbart.

Ich bemerke, wie ich ihn noch immer anstarre, mit halboffenem Mund, alle Gedanken wie weggeblasen. Wie stets in solch unangenehmen Momenten habe ich das Gefühl, alle im Raum beobachten mich, tuscheln, lachen.

Aber niemand beachtet uns.

„Ähm, also."

Man, mit „Ähm" fängt man doch keine Sätze an.

„Ähm, also, ich habe gehört, Sie könnten mir einige Dinge über diese Stadt erzählen, eine Freundin von Ihnen hat mich geschickt."

Ich zeige ihm das Armband der Grünen Frau an meinem linken Handgelenk. Das Bild habe ich nicht mitgebracht, aber das ist auch nicht nötig. Der Bär scheint über meinen Besuch keineswegs überrascht zu sein.

„So, so, hat sie das. Und Sie suchen jetzt ebenfalls nach den Unterirdischen Seen, oder wie? Sehr originell. Wie wär's mit dem Stein der Weisen, dem Heiligen Gral? Dem Schatz im Silbersee?"

Offensichtlich will er mich vergraulen, aber nicht mit mir. Nicht heute. Ich spüre nämlich eine Art Wohlgefallen in seinem sarkastischen Ton.

„Die kommen danach. Ich wollte mit dem Schwersten anfangen. Kann ja nur leichter werden."

Huch, so eine Schlagfertigkeit kenne ich gar nicht von mir. Ich will hier aber auch nicht wie ein Mäuschen erscheinen, das keinen Ton mehr von sich gibt, nur weil es einem Bären gegenübersteht.

Überrascht ob dieser Antwort blickt er mir das erste Mal in die Augen. Ich grinse, und der Bär mit Hut, Weste und Zigarette im Mundwinkel weist mir mit der rechten Pranke einen Stuhl an seinem Tisch zu.

Ich sitze nun schräg gegenüber einem mittelgroß gewachsenen Braunbären mit bärenuntypischem Lebensstil, der sprechen kann und offensichtlich nicht viel von Gesellschaft hält.

Um die Stille zwischen uns zu brechen, suche ich nach einem passenden Einstieg. Was dem Kommunikationsgenie in mir wie immer gut gelingt.

„Von Ihrer Bärennatur hat man mir gar nichts erzählt. Ist das der Grund für Ihren fragwürdigen Ruf in der Stadt? Entschuldigen Sie die Direktheit. Oh, und kennen Sie zufällig eine Familie Bär in dem Dorf, wo ich aufgewachsen bin?"

Noch nie habe ich einem Menschen davon erzählt, doch als Kind war ich mit einer ganzen Braunbärenfamilie befreundet, die damals in unserem Dorf wohnte. Ich weiß nicht, ob sie noch immer dort lebt, wahrscheinlich ist sie weggezogen, so wie alle meine Freunde.

Eines Tages, auf einer meiner Entdeckungstouren, lernte ich sie kennen. Sie wohnten in einem verlassenen Bunker, wo genau, soll hier nicht verraten werden. Es handelte sich um weltoffene Bären, die die meiste Zeit auf Reisen waren und mir danach von ihren Abenteuern berichteten. Ich bat sie immer um Postkarten, aber das war ihnen zu auffällig. Als Bär in einer Menschenwelt muss man vorsichtig sein. Aber auch als Mensch, der einen Bären kennt. Zu schnell wird man heute für verrückt erklärt.

„Ach, Sie meinen, nur weil ich ein Bär bin, kenne ich auch alle anderen Bären? Und Sie, Sie sind ein Mensch, kennen Sie auch alle anderen Menschen? Wissen Sie, wie viele es von uns gibt? Wir sind überall! Viele halten sich natürlich versteckt, sie haben Angst vor den Menschen oder auch einfach keinen Bock auf die, die machen nur Ärger. Nichts für ungut."

„Schon gut, verstehe ich. Entschuldigen Sie. Aber sagen Sie mal –"

Groß drum herum reden war noch nie mein Ding.

„Ist was dran an dem Gerücht, Sie könnten mir helfen? Und dürfte ich Ihren Namen erfahren?"

Der Bär grummelt in seinen Bart.

„Namen tun nichts zur Sache. Mein Name soll nirgendwo auftauchen, auch nicht in Ihrem Buch. Sie verraten Ihren Namen ja ebenso wenig. Ich bin untergetaucht, verstehen Sie. Halte mich bedeckt. Hab' zu viel erkannt, zu viel Ärger gemacht, deswegen hamse Angst vor mir. Und wenn der Mensch vor etwas Angst hat, versucht er es aus der Welt zu schaffen. Außerdem sind Namen so eindeutig. Ich bin nicht eindeutig. Nennen Sie mich bitte einfach ‚Bär'."

Leider hat mein Gehirn in diesem Moment nichts Besseres zu tun als sich Namen für mein Gegenüber auszudenken. Der Bär könnte heißen: HerBärt. Bärta. Bärtold. Bärnhard. Bärnardine.

Ich verkneife mir mit aller Kraft mein Lachen, denn das wäre unpassend. Der Bär wirkt, als schätzte er Formalitäten und Höflichkeit. Meine Bärenfreunde zuhause hätten sich dagegen köstlich amüsiert, sie hatten einen ausgezeichneten Humor, und wenn sie lachten, hielten sie sich ihre wackelnden Bärenbäuche. Ein schöner Anblick.

„Wie gesagt, ich hab' wirklich Ärger am Hals. Das ist immer so, wenn man die Wahrheit erkennt. Dann geht es nämlich gegen die da oben, und das lassen die sich nicht gefallen. Leider haben die die ganze Macht und können dich einfach verschwinden lassen oder deinen Ruf zerstören. Und wem glaubt man eher: einem Einzelnen, Außenseiter von Beruf, oder einer ganzen Gruppe? Immer denjenigen, die am lautesten sind, die man am besten einschätzen kann. Und da ich auch noch jegliche Zuordnung zu einem Geschlecht verweigere, können sie mich nicht mal dahingehend einordnen, ha!"

Er lacht bitter.

„Ich bin ganz ehrlich zu Ihnen, ich kann Ihnen den Weg nicht verraten. Ich weiß nicht, was Zora Ihnen versprochen hat, aber es ist unmöglich. Jeder und jede muss ihn für sich selbst herausfinden, denn es gibt viele Wege nach unten, hinein in den Kern der Geschichten."

Er seufzt tief und laut, nimmt einen großen Schluck von seinem Bier und einen langen Zug von seiner Zigarette. Er ist still geworden, und ich will ihn nicht drängen. Weil er gedankenverloren in sein Bierglas starrt, kann ich ihn genauer betrachten.

Er wirkt ungepflegt. Sein Fell ist zottelig, ineinander verflochten und hat wohl schon länger kein Wasser mehr gesehen. Das Fell um seinen Mund und an seinen Vorderpfoten ist gelblich, vermutlich vom vielen Rauchen. An seinen Klamotten, die wohl mal ein Anzug waren, kann ich noch eine Spur an Stil erkennen, Reste von Tweed. Vielleicht war er in seinem früheren Leben Professor?

Jetzt fällt es mir wieder ein, ich habe tatsächlich schon von ihm gehört. Damals, in meinen unbekümmerten Zeiten, hörte ich aber nur von einem Bären, der ab und zu in der *Biblioteka* sein Bier trinkt und öfters Ärger mit der

Polizei hat, angeblich wegen Trunkenheit, heute weiß ich es besser.

Ich weiß jetzt, dass er eine gesuchte Person ist. Gefährlich für ihn und alle, die mit ihm zu tun haben. Durch sein Charisma und seinen Charme scharte er schon des Öfteren sektengleich Menschen um sich, nur um am Ende selbst alles aufzulösen, weil es ihm nicht passte, wie eine Person mit ihm sprach, oder weil er seine Autorität nicht geachtet fühlte. Kleinigkeiten brächten ihn zum Rasen, munkelte man. Es galt also, sich bloß nicht zu sehr auf ihn einzulassen.

Aus welchem Grund er so geliebt wie gefürchtet ist, weiß ich nicht. Von seinem Charme habe ich noch nicht viel abbekommen. Es muss ein großes Geheimnis sein, das er da hütet, eine wirklich gute Geschichte.

Ich liebe gute Geschichten. Sie sind so unglaublich mächtig. Sie können dich trösten, dir Mut zusprechen, dich zum Weinen bringen, dich stark machen. Sie können ganze Völker vereinen und entzweien. Worte werden Sätze werden eine Erzählung, die uns erklärt, wer wir sind und wie wir zu handeln haben. Wer hat die bessere Geschichte? Mehr braucht es nicht, um Krieg zu führen.

Plötzlich richtet der Bär seine stechenden, kleinen Augen auf mich.

„Eine Frage: Haben Sie Angst?"

„Angst vor was?"

„Beantworten Sie einfach diese Frage: Haben Sie Angst?"

Ich überlege kurz, spüre in mich hinein.

„Nein."

Der Bär nickt zufrieden, eine Sekunde lang im rechten Mundwinkel grinsend. Und ich lüge nicht, ich habe keine Angst. Ich habe nichts zu verlieren.

„Sehr gut, dann können wir ja weitermachen. Zora hat sich in Ihnen nicht getäuscht. An welchem Punkt Ihrer Suche sind Sie denn gerade? Haben Sie schon etwas herausgefunden? Und warum machen Sie das eigentlich? Ich kann nicht erkennen, ob Sie verrückt sind oder einfach nur gelangweilt."

Er sieht mich herausfordernd an. Doch auch diesmal lasse ich mich nicht provozieren.

„So wirklich weiß ich das auch nicht. Es gibt keinen *rationalen* Grund. Ich hab ja bis eben nicht mal gewusst, dass ich danach suche. Jetzt tue ich es wohl." Ich zucke ratlos mit den Schultern. „Ich habe schon ein paar Geschichten gehört, aber keine Ahnung, wo ich anfangen soll. Gerade ist es eher so, dass die Suche *mich* findet."

Der Bär nickt wieder.

„Schon mal ein guter Ansatz, kann ich Ihnen sagen. Wer etwas erzwingen will, was für ihn nicht bestimmt ist, wird früher oder später scheitern, gegen eine Wand knallen. Ich muss Sie jedoch enttäuschen: Ich kann Ihnen nicht einfach die Karte geben, dann laufen Sie los und finden sie. Oh nein. Meine Aufgabe ist es an diesem Punkt, Ihnen Geschichten zu erzählen, und Sie finden heraus, inwiefern diese für Sie von Bedeutung sind. Ob und wie Sie ans Ziel kommen, liegt nicht in unserer Hand. Ist auch ein gewisser Selbstschutz, wissen Sie, denn es ist in dieser Stadt strafbar, den genauen Weg zu verraten. Auch wenn dies schlichtweg unmöglich ist, aber ich will mich ja nicht verdächtig machen. Nicht *noch* verdächtiger."

Er zwinkert mir zu.

„Bevor ich Ihnen etwas über unsere Stadt erzähle, noch eine kleine Denkanregung für Sie. Stellen Sie sich vor: Was wäre, wenn die Seen nicht unten sind, sondern oben, weil wir eigentlich unten sind? Wenn sie gar nicht Wasser, sondern Luft sind, weil eigentlich wir im Wasser schwimmen? Entschuldigen Sie mich bitte einen Augenblick."

Er winkt ab und verschwindet in Richtung Toilette.

Solche Sätze mussten es sein, weswegen die Leute ihn als verrückt bezeichneten. Der Bär redete immer nur in Sätzen, die ihre Bedeutung änderten, je nach Ausgang, den die Geschichte nahm. Die gewichtiger wurden, je mehr man vom Leben verstand, je mehr man wusste, wie die Geschichte weiter- und ausging.

„Ich werde Ihnen nun eine Geschichte erzählen. Ob fiktiv oder nicht, dürfen Sie sich aussuchen. Und sagen Sie nicht, ich hätte Sie nicht vorgewarnt."

Der Bär räuspert sich, sein Erzählergesicht aufsetzend.

Was nun folgt, klingt wie ein Märchen, unwirklich, einem fantastischen Roman entspringend. Wenn das wahr ist, dann wird er zu Recht verfolgt, und dann befinden wir uns alle in Gefahr.

„Meine Geschichte spielt in einer Stadt, ähnlich der unseren. Ihre Bewohner lebten von Tag zu Tag, Jahr zu Jahr, ihr Leben glich einem Kreis, alles wiederholte sich, Freud und Leid, Geburt und Tod, neues und altes Leben. Nun hätten alle friedlich miteinander leben können, doch ist das nicht des Menschen Natur. Das Paradies langweilt ihn, dort gibt es nichts, an dem er sich reiben kann, und der Mensch strebt danach zu wissen, wer er ist.

Es gab unter den Stadtbewohnern eine kleine Gruppe der reichsten Fabrikbesitzer, die sich die ‚Tribunen' nannten, und sie blickten auf den Rest der Bevölkerung mit Verachtung und Ekel. Niemand hatte sie jemals gesehen, oder wenn doch, dann nicht als diese erkannt. Da man nichts über sie wusste, existierten tausend Legenden über sie, denn so trotzen die Menschen dem Unbekannten: Sie erzählen sich Geschichten darüber und mit der Dunkelheit schwindet auch ihre Angst.

Doch obwohl sie sich ihr Leben schön erzählten, spürten die Einwohner: Etwas ging nicht mit rechten Dingen zu. Jemand spielte Spielchen mit ihnen. Wie bei ‚Mensch, ärgere dich nicht': Jemand würfelt die Schritte, die wir gehen dürfen, wir haben verschiedene Farben, sind angeblich Gegner, wir schmeißen uns gegenseitig vom Brett, aber haben doch dieselbe Form, dasselbe Schicksal. Sie stecken uns in verschiedene Teams und erklären uns zu Verlierern oder Gewinnern, dabei wollen wir doch einfach nur überleben."

Der Bär trinkt einen Schluck Bier. Zigarettenzug.

„Das menschliche Bedürfnis zu erzählen ist grenzenlos. Und dieses Bedürfnis nutzten die Tribunen aus. Sie hatten aus jenen Zeiten gelernt, als ihre Vorgänger mit der Überwachung zu offensichtlich umgegangen waren und jeden kleinen Verstoß geahndet hatten. Viele waren besonders gewaltsam gegen bestimmte Gruppen vorgegangen und hatten sich so den Hass der Bevölkerung zu- und damit die Aufmerksamkeit auf sich gezogen. Die Tribunen wussten, worin sich ihre Vorgänger getäuscht hatten.

Nicht einige wenige Bewohner waren das zu lösende Problem, *alle* waren es. Alle diese armen, ameisengleichen, willenlosen und ekelhaften Gestalten, ja, es war am klügsten – und saubersten – einfach sie alle zu überwachen.

Und sie schafften es mit der Zeit, die Bewohner dieser Stadt in gleichgültige Gestalten zu verwandeln, die freiwillig alles von sich preisgaben.

Schleichender Wandel hält länger, sitzt tiefer.

Manche wehrten sich anfangs, sie sahen die Gefahr, die diese Dauerüberwachung mit sich brachte. Doch selbst diejenigen, die ihre Mitmenschen am lautesten warnten, verstummten mit der Zeit, verführt von der Bequemlichkeit. Denn wenn der Mensch eines liebt, dann ist es ein seinen Arm verlängerndes und sein Leben verein-fachendes Werkzeug. Und natürlich, sich selbst im Spiegel zu betrachten.

Wie die Tribunen die Menschen dazu brachten, freiwillig alles bis zum kleinsten Detail ihrer Gesundheit preiszugeben? Nun, sie verkauften es als Vorteil, als Erleichterung des Alltags, als „fortschrittlich". Zukunft.

Sie zwangen alle Firmen der Stadt – die größten davon hatten sie sowieso selbst in der Hand – mitzumachen. Wer sich widersetzte, galt als verdächtig und war bald raus aus dem Spiel, außer Gefecht gesetzt durch fehlenden Fortschrittswillen, durch die eigene Starrköpfigkeit.

Wer bitte will nicht fortschrittlich sein? Wer nicht mit der Masse geht, bleibt irgendwann allein zurück. Und wer will bitte alleine sein?

Sie verkauften den Menschen das Alleinsein als Teufel und den Fortschritt als Gott. Allein, das waren nur die

Seltsamen, die Außenseiter, mit denen sowieso niemand gesehen werden wollte."

Der Bär gluckst.

„Menschen, die allein sind, sind uns auch deshalb suspekt, weil sie vermeintlich zu keinem Rudel gehören. Wer zu keinem Rudel gehört, scheint sich nicht rudelgemäß zu verhalten, scheint eine Gefahr darzustellen. Der Mensch überlebt nur im Rudel, daher ist dies tief in unseren Instinkten verankert, Einzelgängern zu misstrauen.

Den Tribunen waren diese Menschen ein Graus, sie wollten lieber Einwohner, die mitschwammen. Nur so waren sie lenkbar, nur so waren sie überwachbar. Alleinsein war nicht gern gesehen, denn wer mit sich selbst allein sein konnte, der brauchte nicht viel. Der war zufrieden, der konnte zu sich finden, nachdenken. Gefährlich.

Gleichzeitig förderten sie die Vereinsamung der Stadtbewohner. Sie erzählten ihnen, sie könnten sein, wer sie wollten, und so verloren sich viele auf der Suche nach sich selbst und in der Vielfalt ihrer Auswahlmöglichkeiten.

Verstehen Sie mich nicht falsch, bitteschön, ich finde Vielfalt gut, sie ist das Wesen der Natur. Nur nutzten die Tribunen diese Sehnsucht der Menschen nach Freiheit und Vielfalt aus, damit diese erstens verwirrt waren durch die vielen Stimmen von außen und zweitens für ihr Geschäft. Alles, was eigentlich natürlich war und von vornherein in der städtischen Gesellschaft angelegt, verkauften sie als gut, als fortschrittliches *Muss*, nur um ihre eigenen Produkte besser verkaufen zu können und noch reicher und mächtiger zu werden.

Außerdem bin ich mir sehr sicher, dass diese Methode auch dazu diente, die eigentlichen Zustände zu verschleiern, die da schwarz-weiß und überhaupt menschen- und lebewesenfeindlich waren. Aber Hauptsache, die *Fassaden* sind bunt, nicht wahr!"

Mir schwirrt der Kopf. Ich weiß nicht mehr, was der Bär eigentlich meint, er spricht in Rätseln. Er gefällt sich als Märchenerzähler, doch fällt er zu oft aus der Rolle, wenn er seine eigene Sicht auf die Dinge kundtut. Wieso nicht einfach sagen, was Sache ist? Und was hat das noch mit meiner Suche zu tun?

Bei „Fassaden" denke ich an die vielen Häuser dieser Stadt, die auf den ersten Blick renoviert und bunt und schön wirken. Sobald man um die Ecke geht und sie aus einem anderen Winkel betrachtet, bröckelt der Putz von den graubraunen Wänden, die Fensterrahmen sind von Wind und Regen zerfressen und die doppelten Fensterscheiben von innen angelaufen.

Der Bär räuspert sich streng und kratzt sich am Kopf. Er hat meine gedankliche Abschweifung bemerkt.

„Jetzt hab ich doch glatt vergessen, worauf ich hinauswollte. Das hier ist aber auch komplex, da gibt es gar keinen roten Faden. Über jedes einzelne Thema könnte ich Vorträge halten! Wenn man mich noch lassen würde… Wissen Sie, es schmerzt mich innerlich, das alles beobachten zu müssen. So viele Jahre habe ich in dieser Stadt gelebt, und niemals nie war es so schlimm wie heute. So *viel.*

Ich halte das für eines der größten Probleme dieser Zeit: die Vereinzelung der Menschen. Wenn jeder nur für sich selbst lebt, kann es gar keine Aufstände mehr geben, dabei wäre das so wichtig. Anstatt gemeinsam gegen den eigentlichen Gegner aufzustehen, bekämpfen sich die meisten lieber gegenseitig… Ahh, jetzt weiß ich wieder, wo ich war!

Dieser Drang nach Fortschritt und die Vereinsamung der Menschen ging bald so weit, dass die Einwohner mit Maschinen sprachen wie mit Freunden oder Partnern, sie vertrauten ihnen ihre Geheimnisse an, baten sie um Rat, um Aufmerksamkeit.

Und wer, wenn nicht Maschinen, waren dafür wie gemacht? Keine eigenen Bedürfnisse, abgesehen von der Energie, die sie benötigen, keine eigenen Pläne, keine anderen Menschen, die sie lieber mögen.

Ich muss das, denke ich, gar nicht ausformulieren, wie sehr mir diese Entwicklung Angst macht. Menschen, die sich eher auf Maschinen verlassen als auf ihresgleichen? Die deren Meinungen bevorzugen?

Wenn Menschen sich von Maschinen besser verstanden fühlen als von anderen Menschen, wenn sie sich eher auf deren Seite schlagen als auf die jener, deren Herzen schlagen und die aus Fleisch und Blut sind, dann ist sowieso alles vorbei. Das, was mit diesen Maschinen folgt, ist reines Chaos, Mord und Totschlag. Sie flüstern uns ein, wen wir wählen, was wir kaufen, wann wir was fühlen sollen – wer ist am Ende die Maschine?

Die Daten, die sie über uns sammeln, verraten den Tribunen alles über uns, sie vermehren ihre Macht und damit ihren Reichtum. Nicht *wir* profitieren von diesen vermeintlichen Bequemlichkeiten, allein jene, die uns die Maschinen verkaufen. Und die in chaotischen Zuständen florieren."

Er wechselt seinen Tonfall, sichtlich genervt. Die Märchenstunde ist vorbei.

„Ich selbst bin ja meistens und bevorzugt allein, nicht wahr, schließlich ist die Mehrheit der Stadtbewohner, nun, wie soll ich es sagen, nicht mit allzu großer Intelligenz gesegnet, euphemistisch ausgedrückt, oder vielleicht wurde sie auch zu lange mit Unsinn beschallt, bis den Menschen das selbstständige Denken verging. Was man nicht braucht, verlernt man, das wirft das Gehirn weg. Höhlenmenschen, die immer nur die Schatten an den Wänden sehen und verehren, und gar nicht gedenken, aus der Höhle herauszutreten. Unwissenheit ist bequemer. Sicher."

Der Bär nimmt einen Schluck von seinem Bier, einen Zug von seiner Zigarette, und schaut mich prüfend an.

„Sind Sie noch bei mir, konnten Sie mir folgen? Ist vielleicht n bisschen durcheinander, aber erzählnse mal sowas Großes zusammenhängend und ohne was zu vergessen! Das mit'm Märchen erzählen muss ich wohl noch'n biss'n üben, ne. Alles kann ich heut eh nich' erzählen, mir schwant", er blickte auf eine imaginäre Uhr, „es bleibt kaum mehr Zeit."

Auf meinen erschrockenen, fragenden Blick hin ergänzt er:

„Bisse mich holen. Oder das zumindest versuchen."

Er gluckst und bekommt just in diesem Moment Schluckauf. Seiner Sprache merkt man das Bier an, die Beredsamkeit schwindet mit jedem Schluck.

Mir wird er gerade etwas zu dramatisch. Meine Güte. Da ist er, der unverhohlene Stolz auf die Außenseiterrolle, der ihn mir unsympathisch, weil unehrlich erscheinen lässt. Niemand kann mir erzählen, sich nicht im tiefsten

Innern nach Aufmerksamkeit und Liebe zu sehnen, nach Anschluss, einem zutiefst menschlichen Bedürfnis.

Aber das ist auch ein Bär, ermahne ich mich, und die laufen echt nicht in Rudeln herum.

Und trotzdem – ich spüre in ihm eine Verzweiflung, die sich in trotzigem Aufstehen gegen „die da oben" äußert. Vielleicht ist das aber auch schon zu viel der Interpretation, zu viel Projektion von mir auf ihn. Gefährliche Schlussfolgerungen entstehen aus der Spiegelung unseres Selbst im Anderen.

„Soll ich fortfahren?"

Er räuspert sich erneut. Hicks. Erzählergesicht.

„Die Tribunen nahmen die antike Empfehlung ‚Teile und herrsche' ernst. Sie erfanden Merkmale, nach denen sich die Bewohner unterschieden, und teilten diese in Gruppen auf. Es kam nun ganz darauf an, welche Hautfarbe man hatte, wen man anbetete, wen man liebte, wieviel man verdiente, aus welchem Viertel man stammte, und vieles mehr, und die Bevölkerung zersetzte sich in unzählige große und kleine Gruppen. Die Tribunen sprachen es nicht aus, doch es gab Gruppen, die sie besser behandelten als die anderen, wodurch sie Konkurrenz- und Hierarchiedenken unter diesen entfachten. Sie streuten Angst und Hass – und ihre Saat ging auf.

Die Bewohner waren bald nur noch mit sich selbst beschäftigt: Wer bin ich? Zu wem gehöre ich? Wer ist am meisten wert?

Sich selbst gegenüber anderen abzugrenzen, wurde zum Volkssport.

Man bekämpfte sich jetzt gegenseitig, und seltsamerweise dachten viele, je heftiger sie nach unten traten, auf diejenigen Gruppen, die sich weniger wehren konnten und die noch schlechter gestellt waren als sie, desto schneller kämen sie nach oben.

Dabei schaufelten sie sich nur selbst ein Grab.

Manchmal richtete sich die Unzufriedenheit der Bewohner auch gegen die Politiker, die vermeintlich ‚oben‘ waren, denn die waren sichtbar, sie konnte man greifen. Doch diese saßen auch nur auf den unteren Rängen. Wer ganz oben saß, auf der Tribüne der Ehrengäste, war von unten nicht zu erkennen.

Die Gespaltenheit saß tief in den Köpfen, und die Herzen der Menschen weinten."

Unten im Sand der Arena stapeln sich die Leichen, während oben Saus und Braus herrscht, Amüsement auf Kosten der Vielen.

Die Wände zu hoch, um auf die Tribüne zu klettern, einzelne versuchen es, fallen tief; nur gemeinsam schaffen es die Gladiatoren hinauf.

Allein wer stellt sich auf die Schultern desjenigen, den er gerade bekämpft? Den er verabscheut, dem er misstraut? Erkannten sie ihre Lage, kämen sie ins Gespräch, sähen sie ihre Gemeinsamkeiten, kämpften sie nicht mehr gegen-, sondern füreinander.

Zu viel Konjunktiv.

Plötzlich sackt der Bär in sich zusammen. Sein Bier ist fast leer. Flüsternd erzählt er weiter, etwas hektischer als zuvor.

„Im Laufe der Jahrzehnte erfanden die Tribunen immer neue Wege, die Stadtbewohner in Schach zu halten. Sie wollten sie ablenken, ihnen die Zeit stehlen, intensiv über Dinge nachzudenken, speziell über den Zustand der Stadt und die Gründe dafür; sie wollten ihnen all ihre Energie rauben, die sie zu Aufständen gebraucht hätten.

Wer satt ist, interessiert sich nicht für das Leid dort draußen, wer satt ist, geht nicht auf die Straße, der riskiert nicht sein Leben. Und wer hungert, sorgt sich allein darum, woher die nächste Mahlzeit kommt, wie die Kinder am Leben gehalten werden, um's Überleben.

Wichtig dabei war, den Menschen Bildung zu verwehren, oder diese so zu verwässern, dass sie verlernten, selbstständig zu denken. Sie wurden mit Bildern und Informationen und Geräuschen überschüttet, bis ihre Köpfe dröhnten. Bildung bestand nur noch aus Auswendiglernen, Kinder hatten von klein auf zu funktionieren.

Eine Maschine denkt schließlich nicht kritisch.

Die Tribunen taten dies nicht nur, um ihre Macht zu behalten, sondern auch aus Angst: vor den Vielzuvielen, die eines Tages auf den Leichenbergen im Sand der Arena doch noch die Mauern zu ihnen erklimmen würden. Die auf der Suche nach den Unterirdischen Seen ein Geheimnis lüften würden, das alles in Frage stellte, was sie sich aufgebaut hatten.

Um das zu verhindern, mussten sie ihnen ihre Wut nehmen, oder besser: diese umlenken. Sie mussten aus ihnen eine wehrlose, gleichgültige Masse machen, die funktioniert, die ihnen widerspruchslos ihren Reichtum mit Schweiß und Tränen erarbeitet, immer mit der goldenen Karotte vor der Nase, die ihnen vorgaukelt:

Wenn sie sich nur hart genug anstrengten, könnten auch sie einmal dort oben im warmen Büro sitzen, mit

Champagner um sich spritzen und exquisite Häppchen mit Kaviar in die Mülltonne schmeißen.

Sie erzählten ihnen, dies sei die ‚natürliche Ordnung‘, und jede Infragestellung dieser, jeder Wandel würde die Welt, wie sie sie kannten, ins Chaos stürzen.

Sie waren damit so erfolgreich, dass sogar jene, die ihre Machenschaften erkannt hatten, hilflos zurückblieben und nichts gegen sie unternahmen, denn wer verzichtet schon freiwillig auf seinen Komfort, auf seine angebliche Sicherheit?“

Langsam habe ich genug von seinen Gruselgeschichten. Außerdem bin ich ja aus einem bestimmten Grund hierhergekommen. Ich spüre, wie mein Bedürfnis stärker wird, mich zurückzuziehen und das Gesagte zu verarbeiten.

„Angenommen, Ihre ‚Märchen‘ sind gar keine: Gibt es denn ein Gegengift? Was bleibt zu tun?“

„Is‘ viel auf einmal, nich‘ wahr? Also mal angenommen, diese Geschichten wären wahr. Nun, ich hab‘ mein ganzes langes Leben darüber nachgedacht. Als wär‘ das der alleinige Zweck meines Daseins. Ich bin zum Schluss gekommen, dass nur eine Revolution in unseren Köpfen und Körpern zu anderen Verhältnissen führen wird, zumindest langfristig. Wo fangen wir an? Auf diese Suche muss sich jeder allein begeben. Jeder geht seinen eigenen Weg, doch das Ziel ist dasselbe. Ist dies ein Ort, ein Zustand, ein Gefühl? Und bin ich schon dort? Das sind Fragen, die ich für mich selbst noch nicht beantwortet habe. Vielleicht, vielleicht auch nicht. Mag sein, ich ebne anderen nur den Weg, bin ihnen die Brücke über einen reißenden Fluss, der Wegweiser an einer Kreuzung."

Der Bär nickt mir zu, als wisse ich genau, was er meint.

Ich bemerke seine Unruhe: Er hat sich während seines Monologs Zigaretten gedreht, ohne sie zu rauchen, und immer wieder blickt er in Richtung Hinterausgang.

„Aber sagen Sie doch bitte, wo beginnt diese Suche? Wohin soll ich gehen? Und wie erkenne ich das Ziel?"

Mit seinen Geschichten hat der Bär mehr Fragen aufgeworfen als beantwortet.

„Woher weiß ich, dass ich auf dem richtigen Weg bin? Oder auf dem falschen?"

Der Bär hört für einen Moment auf, seine Sachen zu packen, und sieht mich ernst an.

„Sie wissen es, wenn Sie es wissen. Dann beginnt Ihre Reise erst. Wenn alle Ampeln grün sind, sind Sie auf dem richtigen Weg, im richtigen Tempo. Und wenn Sie nur gegen Mauern stoßen, nun…. Vergessen Sie nie: Die Welt dreht sich um *Sie*, Sie schaffen die Welt um sich herum. Das ist alles."

Hektisch sucht er alle seine Sachen zusammen, und auch in der *Biblioteka* ist es unruhiger als vorhin, vom Eingang her ertönt Stimmengewirr, Gemurmel unter den Gästen, verstohlene Blicke in unsere Richtung.

„Seien Sie auf der Hut. Man hat Sie nun mit mir gesehen, nicht gut für Ihr'n Ruf. Muss jetz' los, denn wie Sie vielleicht bemerkt haben, hat man mich erkannt und verpfiffen. Diese Angsthasen, diese Feiglinge. Aus Angst, am Ende selbst in etwas hineingesogen zu werden, verraten sie andere und damit auch sich selbst. Stadt der Ratten. Überrascht mich überhaup' nich'. Bitte versprechen Sie mir, bleiben Sie sich und Ihr'm Weg treu. Ich kann sehen, Ihr Herz ist rein. Nur bisschen zugemauert. Ihnen vergönn' ich es, den See zu finden. Bleiben Sie aufrichtig, immer aufrichtig, vor allem sich selbst gegenüber, und es kann Ihnen nichts geschehen. Und: Es ist nicht der Weg hinunter, es ist der Weg zurück, der am schwersten ist, vergessen Sie das nicht."

Der Bär nickt, als habe er damit alles gesagt, und zwinkert mir zu, was mehr Sympathie ausdrückt als alle Worte zuvor.

Im nächsten Augenblick ist er in der Dunkelheit verschwunden.

Ich atme tief ein. So viele Geschichten, so viele Rätsel. Frische Luft und ein Spaziergang sind jetzt angesagt.

Als ich in Richtung Bar gehen will, sehe ich zwei uniformierte Gestalten, die jedem einzelnen Gast ins Gesicht leuchten. Mist.

Der Bär hatte recht, zum Glück ist er früh genug verschwunden. Aber wissen sie denn, dass ich mich gerade mit ihm getroffen habe? Werden mich die anderen verraten?

Ich nehme meine Tasche und mein fast leeres Glas und stelle mich betrunken. Zu tief ins Glas geschaut in dieser Bar? Fast werde ich nostalgisch.

Ich torkele in Richtung Ausgang.

Da geschieht es: Ich übersehe in meiner Nachtblindheit ungeschickt ein Stuhlbein, stolpere und falle gegen eine der Uniformen.

Verärgert dreht sich diese um und leuchtet mir ins Gesicht, sieht aber nur eine beschwipste Frau, die halb an ihr vorbeischielt. Ich schauspielere mein Entsetzen und entschuldige mich kokett bei den beiden, als hätte ich es auch ein wenig darauf angelegt.

Sie grinsen mich an und lassen mich passieren. In ihren Augen sehe ich Ekel und Gier – wie kann sich eine Frau so gehen lassen, aber hej, jetzt ist sie willenlos!

Blicke, die ich schon kenne und die mir die Armhärchen aufstellen.

Männer können zu Tieren werden, und ich verstehe nicht – wenn es da überhaupt etwas zu verstehen gibt – wie sich ein Mensch herausnehmen kann, einen anderen so anzusehen. Als hätten sie ein Anrecht auf uns, als wären wir reines Fleisch, schmackhaft dargeboten, mit unglaublich süßem Duft, das nur darauf wartet, verzehrt zu werden. Von seit Wochen ausgehungerten Löwen.

Ich stolpere bis zur nächsten Straßenecke, mich ständig vergewissernd, dass mir niemand folgt, und laufe los.

Ich laufe barfuß durch dunkle Straßen und Gassen, ich kenne sie und weiß doch nicht, woher. Meine Füße tragen mich ans Ende einer Sackgasse, wo ein altes, zerfallenes Haus steht mit einer pinken Leuchtschrift über der Eingangstür: ŻEMOWICZ.

Ich klopfe einmal lang, viermal kurz, zweimal lang. Klopf, klopf klopf klopf klopf, klopf klopf.

Die Tür geht auf, sie führt in einen Raum, offensichtlich der Ausschank. Am mit „Sztamtisz" überschriebenen Tisch in der Ecke sitzen und liegen undefinierbare Gestalten, Zigaretten verglühen zwischen den Fingern oder im Aschenbecher, ihre Dünste zeichnen diesen grauen, unscharfen Raum. Aus dem Nebenzimmer kommt Musik, ich flüchte dorthin, wo halb Mensch, halb Zombies zu Techno einsam vor sich hin zappeln.

Die passende Musik für diese Welt, zuckt es mir durch den Kopf, und ich stolpere rückwärts wieder hinaus, als einer der Techno-Zombies mit seinem bleichen Finger grinsend auf mich zeigt und sich alle Köpfe gierig in meine Richtung drehen.

Ein Schild sagt: „Zu den Unterirdischen Seen" und deutet auf eine Treppe nach unten. Es muss sich um die Hölle handeln, denn ich höre Schreie, sehe Feuer – und zu viele Spinnen.

Als ich mich ein wenig zu weit vorbeuge, stoße ich mich an einem herausstehenden Nagel, passe nicht auf und falle.

Falle tief: ein leichtes Ziehen in der Brust, das Ausbreiten einer bekannten Wärme wie jedes Mal, wenn ich im Traum sterbe.

Der junge Tribun

Endlich ein Erfolg. Er musste ja nicht erwähnen, dass sie *ihn* getroffen, und wer weiß, was er ihr erzählt hatte. Verraten.

Missgebildetes Viech, was auch immer das für ein Lebewesen war, es war kaum noch „Mensch" zu nennen.

Wen er noch mehr verachtete als die gewöhnlichen Stadtbewohner, waren jene, die sich einbildeten, etwas Besonderes zu sein, die für sich eine ganz neue Identität erfanden.

Pah, ich kann doch nicht von einem Tag auf den nächsten sagen, ich bin jetzt ein Delfin, und dann bin ich einer? Wo kämen wir denn da hin? Realitätsflucht nannte man das, und normalerweise waren sie die letzten, die dies missbilligten, aber wenn es so weit ging?!

Das war aber gar nicht das größte Problem, das sie mit ihm hatten. Er wusste einfach zu viel. Sein besonderes Aussehen und Auftreten hatte er angeblich angenommen, als er von unten zurückgekehrt war, er oder sie war ein neuer Mensch geworden. Oder eben kein Mensch mehr, verdammt, das war zu verwirrend.

Niemand wusste Genaueres, es existierten nur Legenden über ihn. Wann und warum er in der Stadt aufgetaucht war, wann er es hinunter zu den Unterirdischen Seen geschafft hatte, und besonders, wann er von dort zurückgekehrt war – alles nur Legenden.

Angeblich sei er von Anfang an, als das Wasser verschwand, dagewesen, hätte alles beobachtet und damals schon versucht, dagegen zu arbeiten.

Von jeher Feind.

Er verstand nicht, warum es niemand jemals geschafft hatte, ihn festzunehmen und aus der Stadt auszuweisen. Was war da los? Nahmen ihn die anderen nicht ernst genug? Vielleicht hatte er heute schon wieder einer Unbedarften die größten Geheimnisse verraten? Sie mussten doch wissen, dass er einer der Rädelsführer dieser vermaledeiten Rebellenbande war?! Wieso unternahmen sie nichts?!

Aber das war jetzt egal. Heute unternahm *er* etwas. Er würde der Held sein, der in die Ränge der Tribunen glorreich einziehen würde, und niemand könnte mehr etwas gegen ihn sagen, oh nein.

Schon peinlich genug, dass die Polizei ihn heute Morgen auf einem Stein schlafend erwischt hatte, als wäre er ein ekelhafter Obdachloser.

Das Blut stieg ihm bei diesem Gedanken in die Wangen, und er wurde wütend.

Was hätte er denn machen sollen, nach der Nacht im Klub einfach nachhause gehen? Wenn er es sich mit seinem Vater verscherzen wollte, dann ja. Gegen diese zwei Polizisten würde er als nächstes vorgehen, die würden schon ihren Mund halten, wenn er mit ihnen fertig war.

Jetzt saß er in seiner Limo um die Ecke dieser dreckigen Kellerbar und wartete auf den glorreichen Moment, wenn sie den Bären endlich abführten. Einen echten Grund brauchten sie dafür nicht, Stadtfeind Nr. 1 musste reichen.

Er war froh um sein Auto, denn es war heute kälter als sonst, und dort draußen waberte der Nebel so dicht, dass er sich anstrengen musste, etwas zu erkennen.

Er liebte diese ihre Erfindung ja, und seit sie ihn einge-
führt hatten, seit er also eines Tages „einfach so" da gewesen war, hatte er ihnen schon gut gedient.

Die Menschen waren noch träger geworden, benebelt
ihre Sinne, betäubt von den Chemikalien darin. Sie waren
ihnen noch höriger geworden, und die einzelnen Aufmüp-
figen hie und da hatten sie dadurch besser in den Griff
bekommen.

Jaja, die Wissenschaft, wenn man sie brauchte, war sie
durchaus nützlich.

Er erinnerte sich an seine „Schulzeit", die noch gar
nicht so lange her war. „Schule" war es ja nicht zu nennen,
es war Privatunterricht gewesen, ohne die nervigen Massen. Schließlich sollte nur ein bestimmter Kreis wissen,
dass er existierte, den Rest würde er schon merken lassen,
dass es ihn gab, wenn er an der Reihe war.

Sein Lieblingsfach war Machtkunde gewesen. Wie hatten sie ihre Macht ausgebaut und wie ließ sie sich erhalten?

Das Standardwerk, die „Gebote der Macht oder Die
Lektionen des H", hatten sie auswendig lernen müssen.

Niemand wusste, wofür das „H" stand, aber er und
seine Mitschüler hatten gefeixt, dass es für „Hades" stehen müsse, den griechischen Gott der Unterwelt. Ein
Großteil ihrer Aufgabe war es schließlich, den Zugang
nach „Unten" zu beschützen, und H. war einer der ersten
Menschen und der erste Tribun gewesen, der dies zu seiner Lebensaufgabe gemacht hatte.

Eines Tages war dieser dann einfach verschwunden
und niemand wusste Genaueres über seinen Verbleib.
Man war davon ausgegangen, dass ihm in seiner geliebten

Welt unter der Stadt etwas zugestoßen war oder er sich verlaufen hatte, wie auch immer. Er war nicht mehr zurückgekehrt und niemand war traurig darüber. Sie hatten ihn für seine Verdienste zwar respektiert, aber sein Genius wurde nur durch seine Verrücktheit und Unberechenbarkeit übertroffen. Genies eben.

Er hatte ihnen unter anderem gezeigt, wo die Zugänge zu den Unterirdischen Seen waren, und wie man diese versteckt hielt. Immer wieder sprach er von dem großen Schatz, der behütet werden müsse, und der nur ihnen gehöre.

So richtig ernstgenommen hatten sie ihn am Anfang nicht, was interessierte sie schließlich ein gefährlicher und dreckiger Weg nach unten und das bisschen Wasser. Der Schatz war für sie ein reines Volksmärchen, und man sah ja, wie verrückt der Pöbel aufgrund einer solch lächerlichen Erzählung geworden war.

Erst, als die ersten Menschen tatsächlich zu den Unterirdischen Seen gefunden hatten und nach ihrer Rückkehr plötzlich nicht mehr funktionierten, wie sie es wollten, als sie versuchten, anhand seltsamer Methoden die Bewohner gegen sie aufzuwiegeln – erst da wurde ihnen bewusst, dass sie H. eventuell doch ernster nehmen sollten als gedacht.

In jener Zeit entwickelte H. seine „Gebote der Macht", vor allem aus dem Grund, um andere Suchende von seinen geliebten Unterirdischen Seen, von „seiner" Unterwelt, fernzuhalten.

Er überlegte. Er hatte diese Lektionen einst in- und auswendig gekannt, nicht nur, weil sie es in der Schule aufsagen mussten, sondern weil er fasziniert war von diesem

Geschöpf H. Manche in ihrem Kreis hatte er schon munkeln hören, jener sei noch immer am Leben, noch immer im Kampf gegen jeglichen Eindringling in sein Reich der Finsternis und Erhellung.

Er selbst war mittlerweile ja überzeugt davon, dass die Unterirdischen Seen mit ihrem Schatz verflucht waren, wenn man sich H. und alle anderen, die von dort zurückkehrten, mal so ansah.

Jetzt war es ihm wieder eingefallen. Drill war einfach gut für junge Köpfe. Er brüllte H.s Regeln für Macht und deren Erhalt in die Dunkelheit seines Wagens:

„Stets satt sollen sie sein. Gebet ihnen zu essen in solch ausreichendem, übervollem Maße, dass sie nicht mehr aufzustehen vermögen vor übervollem Bauche; es soll ihnen an nichts mangeln.

Gebet ihnen so viel Arbeit, dass sie abends, wenn sie nachhause kommen, keine Kraft mehr haben, nachzudenken.

Beschallet sie ohn Unterlass mit Bildern und Geschichten, lasset ihnen keine Zeit, eigene Gedanken zu entwickeln.

Erzählet ihnen, das Alleinsein sei schlecht, erfüllet sie mit Sehnsüchten nach Liebe und dem Glück und Sinn, derlei Geschichten, nach denen sie zu streben hätten, um Erfüllung zu finden.

Zur selben Zeit erzählet ihnen, sie müssten es allein schaffen, nur das Individuum sei wichtig, und wer von ihnen sich allein durchkämpfe, wer nur den Willen dazu zeige, der könne es nach ganz oben – wo auch immer dies sei – schaffen. Sie werden zerrissen sein im Kampfe gegen alle anderen und vor Einsamkeit vergehen – dies wird die nächsten Regeln vereinfachen.

Macht ihnen sodann weise, sie seien unglücklich und leer und nur mit dem Konsum von Dingen könnten sie sich besser fühlen. Sie werden beschäftigt sein mit Arbeiten, Schlafen, Essen, Konsumieren, sie werden nicht in eure und nicht in meine Angelegenheiten pfuschen.

Erzählet daraufhin den Menschen anderer Städte, nur in dieser unserer gebe es Wohlstand und genug zu essen, nur hier gebe es genug Arbeit, Freiheit und Frieden; es wird sich schnell herumsprechen. Sodann werden sie kommen, sie werden euch als billige Arbeitskräfte in euren Fabriken dienen und der Stadt den Wohlstand sichern.

Nun erzählet die Ankunft dieser neuen Bewohner zum ‚Ansturm‘ auf unsere Stadt und nutzet diesen als Mittel der Angst; sichert euch so eure Macht über sie, denn nichts schweißt so zusammen wie ein gemeinsamer, fremder Gegner – von außen und von innen. Definiert das Unbekannte, bändigt die Ängste zu eurem Vorteil und die Macht ist euer."

Später sollte diese Ansprache zur Vorlage für die Herrscher anderer Städte gereichen, die ihre Macht ausbauen und erhalten wollten.

Er hatte sich immer gewundert über die Offensichtlichkeiten dieser an sich so einfachen Regeln, doch sie wirkten, und im Laufe der Zeit unterstützte sie auch die Technik.

Die einfachen Menschen waren bequem, sie glaubten gern jene Geschichten, die ihnen das Leben vereinfachten, und gab man ihnen Werkzeuge an die Hand, mit denen sie sich noch weniger bewegen mussten, umso besser.

Das alles war streng geheim; für das, was er gerade tat, könnte er schwer bestraft werden. Und wenn schon. Selbst wenn es jemand hörte, was wollte er dagegen tun? Wem wollte er es erzählen? Niemand würde es wagen, Hand an ihn zu legen. Er war ganz oben, *wir* sind ganz oben, niemand belauscht uns, im Gegenteil, *wir* sind es, die belauschen.

Eine betrunkene Frau torkelte über die Straße. Ekelhafter Pöbel.

Die Polizisten, die er beauftragt hatte, nahmen just in diesem Moment den Bären fest.

Er fühlte sich so erregt wie beim letzten Bibliotheksbrand. Ein bisschen Pulver hatte er noch und zog es durch die Nase. Am liebsten wäre er sofort nach draußen gestürmt, er wollte dem Bären Schmerzen zufügen, er wollte ihm Angst machen, wie er noch nie Angst verspürt hatte. Muss… weh… tun… muss… spüren… ich… ich… bin… der… Größte… ihr… werdet… es… noch… alle… sehen…

Nach unendlich langen zehn Minuten noch immer nichts. Er befahl seinem Fahrer, um die Ecke zu fahren, direkt vor den Eingang zur Kellerbar.

Wo zum Teufel waren seine Leute, wo zum Teufel war der Bär? Hätte er sich nicht so geekelt vor diesem Pöbelschuppen, wäre er selbst hinuntergegangen und hätte nach dem Rechten gesehen. Aber er hatte letzte Nacht sein Gesicht schon einmal zu viel gezeigt, zu oft sollte ihm das nicht passieren.

Erst jetzt bemerkte er, dass er seine Fäuste noch immer gegen die Oberschenkel presste. Das Feuer vor seinen Augen war nur kurz aufgeflammt, gerade noch rechtzeitig hatte er es eindämmen können. Hätte es sich ausgebreitet, wäre in dieser Bar niemand sicher gewesen.

Sein Vater hatte ihn vor diesem Zustand gewarnt. Du bist nicht der Erste in der Familie, der bisweilen vom Zorn und Hass verzehrt wird, hatte er damals gemahnt, doch wir sind besser als der Plebs, vergiss das nicht, mein Sohn, wir lassen uns nicht von unseren Gefühlen übermannen. Wir vergessen uns nicht, dafür sind wir zu groß, zu mächtig. Wenn du dich ausleben musst, wenn du diese Energie entfernen willst, haben wir entsprechende Orte dafür. Aber nicht in der Öffentlichkeit, niemals.

Der Ton, in dem sein Vater damals zu ihm gesprochen hatte, war scharf gewesen; er musste ihm gar nicht sagen, was sonst mit ihm geschähe, er konnte es sich schon ausmalen, allein durch den Blick seines Vaters. Schließlich hatte er in seinem Leben einige Male mitbekommen, was mit jenen geschah, die gegen ihre Gesetze verstießen, und darauf konnte er getrost verzichten.

Eine Traube an Menschen verließ jetzt die Kellerbar, kopfschüttelnd, hastig, mit hochgezogenen Schultern, und einige Minuten später erschienen auch die beiden Polizisten. Er sah ihren Gesichtern die schlechten Nachrichten an, er musste gar nicht fragen. Sie hatten nicht nur den verdammten Bären verloren, sondern auch die verdammte Frau.

Äußerst ungünstig, äußerst ungünstig, das würde er ihnen heimzahlen, diese Schande, das durfte wirklich niemand erfahren, erst recht nicht sein Vater. Schon wieder ein Reinfall, noch dazu ein dermaßen unnötiger, das konnte er nicht auf sich sitzen lassen. Sein Kopf glühte vor Zorn und Scham, und wenn er jetzt aussteigen müsste, dachte er, würde er an der kalten Nachtluft verdampfen.

Was für ein Scheißtag, nichts lief nach Plan. An irgendjemandem musste er seine Frustration jetzt auslassen, irgendjemanden würde es heute noch treffen.

Er öffnete die Tür seiner Limo und hieß die beiden Polizisten mit süßlicher Stimme einsteigen.

Na los, ihr zwei, habt keine Angst, das kann passieren, so ist das mit diesen räudigen Verbrechern, wir suchen sie jetzt einfach zusammen.

Ein bisschen Spaß muss sein.

FÜNF

Wenn du mitten in der Wüste stehst, gehst du dann weiter oder kehrst du um? Was, wenn dort am Horizont eine Oase wartet? Nur noch wenige Schritte bis zur Erlösung. Was, wenn du erst am Anfang der Wüste stehst und der schwierigste Teil noch vor dir liegt?

Was geschieht als nächstes? War das nicht schon der Höhepunkt meiner Reise?

Ein sprechender, rauchender, trinkender Bär mit unheimlichen Geschichten, der keine Fragen beantwortet und sich in Rätseln ausdrückt?

Spürte ich nicht immer noch die Angst in meinen Knochen, stänken meine Klamotten jetzt nicht nach Rauch – ich wäre überzeugt davon, nur geträumt zu haben.

Ein schrecklich wirrer Traum.

Ich hätte den Bären noch fragen sollen, ob er wusste, wo F. war. War sie auf der Seite der Tribunen oder des Widerstands? Ich hoffte auf letzteres, schließlich hatte sie mir Hinweise hinterlassen.

Oder wollte sie mich damit ins Verderben schicken, ihre persönliche Rache für mein spurloses Verschwinden? Denn das bedeuteten sie schließlich, diese Unterirdischen Seen, oder?

Entweder man wurde allein durch die Suche verrückt und entfremdete sich von allen und allem. Oder man fand ihn, den unterirdischen Schatz, woraufhin man sich dort unten verlor, und wenn man mit viel Glück den Weg zurück fand, war man fortan ein wirrer Spinner, der sich nur noch in Bildern ausdrückte, und den sie aus dem Stadtbild entfernten, wohin auch immer.

Schöne Aussichten.

Mal angenommen, das war kein Traum. Die Geschichten zu den Unterirdischen Seen, zu den Tribunen, die die Stadt aus dem Schatten heraus beherrschen, die Geschichten mit dem alten Mann und der Bunten Kirche – mal angenommen, das war alles wahr.

So viele Fragen in mir, wie gern ich mich darüber austauschen würde.

Allein wenn da niemand ist, wenn das Echo meiner Hilferufe im leeren Raum verhallt – was bleibt mir anderes übrig, als sie mir selbst zu beantworten?

Vielleicht gehe ich nachher einfach in eine Bibliothek, da finde ich bestimmt die Lösung.

Das zumindest wäre die ungefährlichste Version meiner Erzählung: Die Protagonistin geht in eine Bibliothek und liest sich durch alle Bücher, bis sie es nicht mehr nötig hat, sich selbst auf den Weg zu machen.

Hat doch bisher auch funktioniert, das Leben hinter einem geöffneten Buch zu betrachten, durch die Zeilen anderer hindurch. Wieso nicht auch diesmal?

Dann könnte ich am Ende ein Buch darüber schreiben, eine wissenschaftliche Arbeit oder eine journalistische Reportage, ich würde leben und anderen wäre geholfen.

Wie es weitergeht: Entweder sauge ich mir etwas aus den Fingern, baue Spannung auf, erfinde einen Kampf um Leben und Tod mit den Monstern der Unterwelt.

Das wäre etwas, was der Buchmarkt am liebsten hätte, was sich am besten verkaufen lässt, eine Geschichte mit Höhepunkt und gutem Ende, nicht zu schwer, nicht zu experimentell – doch *der* Zug, befürchte ich, hat den Bahnhof schon lange verlassen.

Es ist schwierig, etwas zu erzählen, von dem man zwar weiß, *dass* es geschehen ist, aber nicht *wie*. Das im Nachhinein wie ein großes schwarzes Loch erscheint, das alles, was ihm zu nahe kommt, in sich verschlingt, und niemand weiß, was sich alles in dessen Magen befindet.

Vielleicht setzt sich das Verschlungene neu zusammen, in einer anderen, besseren Welt. Oder es radiert diese schlimmen Bilder, die es in sich saugte, in der nächsten Dimension aus, sodass dort niemand mehr leiden muss.

Das Wie konstruieren wir im Nachhinein, wir übermalen das Schwarze Loch, wir überkleben es mit bunten Streifen, sodass niemand anderes hineinfallen muss. So verbinden wir den Anfang mit dem Ende, geben unserem Kind, dem roten Faden, einen Namen, lang möge er leben.

Soll ich etwas erzählen, das sich für mich unnatürlich und erzwungen anfühlt, damit mich andere eine gute Erzählerin nennen?

Oder muss ich das Risiko eingehen, mich eine *faule* Erzählerin nennen zu lassen, weil ich zu große Lücken in der Geschichte lasse? Lücken, die echt sind, aber wie sie beschreiben?

L. selbst weiß, wie ihre Geschichte endet, aber sie spricht nicht mehr davon. Sie spricht überhaupt nicht mehr, so wie alle, die diesen Weg gegangen sind.

Wie soll ich ihre Geschichte erzählen, wenn nur sie sie kennt?

Ich habe es versucht, und manche Fragmente sind ihr in Bildern entschlüpft. L. selbst erinnert sich kaum, und wenn, dann ist die Erinnerung verschwommen, wie ein Traum, der einem, je unbedingter man ihn greifen will, desto schneller entfleucht.

Für diese Geschichte, da muss ich Sie enttäuschen, gibt es kein Ende. Kein befriedigendes zumindest.

Was mit unserer L. passiert? Wer weiß das schon.

Vermutlich das, was mit allen geschehen ist, die sich auf diesen Weg gemacht haben, sie ist keine Ausnahme.

Vielleicht geht es auch nicht um das Ende, ganz bestimmt nicht sogar, sondern um die Begegnungen, um die Geschichten dazwischen. Dies ist ein kleiner Einblick in eine kurze Reise in jene Stadt, deren Namen Sie vermutlich bereits erraten haben, der aber nichts zur Sache tut.

Freilich, auch ich liebe jene Geschichten mit einem guten Ende. Ein unerwartetes, spektakuläres, das einfach Sinn ergibt. Das sind die guten Geschichten.

Aber diese hier ist keine davon, diese hier ist leiser, wenn nicht sogar ganz still. Dieses Ende schreit, doch kein Laut dringt hervor aus seinem offenen Mund, verzweifelt will es alles verraten, doch unmöglich.

Ich weiß es doch selbst nicht.

Wie kann ein Mensch behaupten, das Ende zu kennen und den Weg dorthin, wenn jene, die es wirklich wissen, nicht mehr davon erzählen?

Die Worte fehlen, nur die Bilder bleiben, und diese sind Opfer unserer Interpretation, unseres Nichtwissens.

Die allwissende Erzählerin zu spielen, empfinde ich als anmaßend.

Es ist verlockend, freilich, aber damit versetzte ich mich in eine Rolle, die ich nicht anzunehmen vermag. Die für viele Schreibende wohl ein Grund ist, dieser Tätigkeit nachzugehen.

Warum wollen alle ein Buch schreiben? Wenigstens einmal Gott spielen, wenigstens einmal alles wissen. Mich ausdrücken und alle hören zu, Papier ist geduldig.

Vielleicht auch, weil viele – zu viele – denken, das, was sie erzählen, sei einzigartig.

Was würde eine Roman- oder Filmheldin an meiner Stelle jetzt tun? Noch immer liege ich in meinem Hostelbett, unfähig jeder Bewegung. Wohin sollte ich mich ohne Ziel auch bewegen. Ich bin der Stadt mit ihren seltsamen Einwohnern leid, und wenn ich an die Geschichten des Bären denke, bleibe ich lieber in meiner Höhle.

Eine Protagonistin, die sich nicht mehr von der Stelle bewegt? Die sich vor dem weiteren Verlauf ihrer Geschichte versteckt?

Das wäre ein Ende, aber kein schönes.

Oder fährt L. einfach nach Hause, zurück in jene uns unbekannte Stadt, aus der sie gekommen ist?

Das wäre ein für sie vernünftiges Ende, und wir könnten alle beruhigt schlafen gehen.

Aber wir wälzten uns hin- und her, von Gedanken geplagt: Was wäre geschehen, wenn sie sich doch auf die Suche gemacht hätte? Wenn sie sich doch in die Gefahr begeben und die Unterirdischen Seen gesucht hätte? Wem wäre sie noch begegnet, welche Hindernisse hätte sie überwinden müssen?

Ein beruhigendes ist zumeist nicht das beste Ende. Wir brauchen die Gefahr, den Kampf, die Gänsehaut. Und wo, wenn nicht in der Fiktion, können wir schließlich noch echte Abenteuer erleben?

Mal angenommen, L. entscheidet sich für den aufregenderen und gefährlicheren Weg, und vielleicht war es auch so. Dann würde das in etwa so aussehen:

Der einzige Hinweis auf einen Weg nach unten, der mir in den letzten Tagen begegnete, ist die Bunte Kirche.

Eine Kirche, die ein dunkles Geheimnis birgt, mit einem mysteriösen Wächter. Auf die mich meine Freundin aufmerksam machte, kurz bevor sie vom Erdboden verschwand.

Zumindest ist sie ein handfester Ausgangspunkt.

Die Geschichten über das Verschwundene Wasser, die Unterirdischen Seen, ihren Schatz und die Tribunen haben meine Neugier entfacht. Welches Geheimnis ist eine so umfangreiche Manipulation der Bevölkerung wert? Wozu sollte man Menschen vorbeugend in Haft nehmen, wenn sie nicht mit ihrer Entdeckung der Unterirdischen Seen das größte Geheimnis der Welt lüfteten? Wenn sie danach nicht alles infragestellten, nicht an allem rüttelten, was unsere Auffassung von Wirklichkeit ausmacht?

Bisweilen zweifle ich daran, warum ausgerechnet *mir* diese Rolle zugefallen ist. Warum ausgerechnet ich mich auf den Weg zu den Unterirdischen Seen machen soll. Haben sie keine bessere, spannendere Kandidatin gefunden?

Bin ich nicht eher Antiheldin, die am liebsten zurückgezogen ihre Bücher liest und schreibt, die anonym und unauffällig in einer unbekannten Stadt wohnt, die es nicht drängt, auf der Bühne zu stehen und große Reden zu schwingen?

In mir kämpft gerade Herz gegen Verstand. Letzterer sieht nicht ein, warum wir für Geschichten, die wie Märchen klingen, erfunden, um den Menschen zu unterhalten, unser Leben geben sollten.

Er erinnert mich daran, dass Geschichten oft nur deshalb erzählt werden, um das Unbekannte aus dem Schatten zu zerren, um Schuldenböcke auszuweisen.

Vielleicht ist der Nebel nur der Geist des verschwundenen Wassers, eine seltsam beständige und hartnäckige Form seiner Art, vielleicht ist die Technik, die die Bewohner beherrscht, tatsächlich nur für deren Bequemlichkeit da, vielleicht tun sich diese einfach gegenseitig das Schlimmste an, da braucht es keine höhere Gewalt, wenn man sich über das Wesen des Menschen im Klaren ist.

Mein Kopf rationalisiert jedes Fünkchen Magie auf seine Wahrscheinlichkeit, auf den Verstand, auf Langeweile. Wenn es nach ihm ginge, würde ich der Stadt den Vogel zeigen, auf der Stelle umdrehen und nachhause fahren.

Mein Herz dagegen steht für Fantasie, für die Romantik, für Mut und Furchtlosigkeit angesichts großer Abenteuer.

Mein Herz weiß: Etwas aus Angst nicht zu tun, kann niemals der richtige Weg sein. Es braucht Mut, um neue Wege zu betreten, die bisweilen im Dunklen liegen, vor allem am Anfang.

Doch bald wirst du auf eine Lichtung stoßen und wissen: Egal, wie dunkel der Wald ist, es gibt diese hellen Flecken, diese kleinen Paradiese, und dafür lohnt es sich.

Lieber kämpfe ich mich durch das Dickicht, als ausgetretenen Pfaden zu folgen, wo jede Lichtung einem Rummelplatz gleicht, tausende Menschen und doch alle verloren.

Während in mir diese Pole streiten, habe ich das Hostel verlassen und bin losgelaufen.

Dorthin, wo meine Füße mich tragen, die Lange Straße entlang, dieses stolze Rückgrat und Herz der Stadt, die Hauptschlagader, ohne die sie nur ein lieblos zusammengewürfelter Haufen an Gebäuden und Fabriken wäre.

Kann man eine Stadt allein für eine einzige Straße lieben?

Steht man am oberen Ende der Straße und blickt in Richtung Süden, verschwindet sie am Horizont im Nichts. Ich liebe das, dann stelle ich mir immer vor, dort hinten in der Ferne sei das Meer, nur ein paar hundert Meter weiter und wir sind am Strand, das Rauschen der Wellen, Urlaubsgefühl.

Diese Momente des In-den-Süden-Träumens erschaffe ich mir immer dann, wenn ich des Betons, der Steine und

Abgase leid bin. Augen zu. Der Wind in den Baumkronen, sachte deren Äste und Blätter streichelnd.

Das stete Hintergrundrauschen der rasenden Autos auf der Fernstraße. Augen zu. Meeresrauschen.

Pinienduft im Park um die Ecke. Augen zu. Ein Campingplatz im Süden, wir sind jung, verliebt, so frei.

„Heee, Augen auf, nicht schlafen, hallooho, passen Sie doch auf, wo Sie entlanglaufen!"

Wirklichkeit. Graue, derbe, unfreundliche, nach Hundekot stinkende Wirklichkeit.

Ich biege ab in Richtung Bunte Kirche.

Da ich mich noch lebhaft an meinen letzten Besuch erinnere, gehe ich zunächst in sicherem Abstand einmal um das Gebäude herum. Von dem kleinen Männchen ist nichts zu sehen.

Ich suche einen Eingang durch den Baustellenzaun, es muss einen geben, denke ich, der alte Mann muss doch auch mal die Kirche verlassen, oder?

Und ich habe Glück.

Hinten, wo der Park beginnt und es am dunkelsten ist, stehen zwei Zaunabschnitte so weit voneinander entfernt, dass ich mit eingezogenem Bauch hindurchpasse.

Vorsichtig schleiche ich zum Haupteingang, es ist still ringsum, als schlafe die ganze Stadt, oder als halte sie den Atem an, weil sie weiß, was gleich geschehen wird, so wie sie alles weiß, immer, überall. Es muss schwer sein, alles zu sehen und zu wissen und nicht eingreifen zu können. Oder tut sie das?

Die Haupteingangstüre ist offen. Auch wenn ich darauf gehofft habe, finde ich es jetzt seltsam, verdächtig. Vielleicht ist das Männlein da und wartet schon auf mich. Oder es ist gerade beschäftigt, und hat mich nicht bemerkt.

Im Eingangsbereich der Kirche ist es stockfinster. Es ist kühl, kühler als normal in diesen Kirchen, fröstelnd ziehe ich mir meine Jacke enger um den Körper.

Ein mir bekannter Geruch liegt in der Luft, und erst nach einer Weile kann ich ihn einordnen: Es riecht nach Erde und nach Holz. Ganz leicht nehme ich noch den Weihrauch wahr, mit dem sie hier jahrhundertelang die Besucher der Gottesdienste benebelten. Seltsamerweise fühle ich mich bei Weihrauchduft immer ein wenig wie zuhause.

„Hallo, ist jemand da?", rufe ich vorsichtshalber, um eventuelle Bewohner vorzuwarnen – und nicht selbst erschreckt zu werden.

Meine Stimme verhallt in den Weiten der bunten Kuppel.

Als sich meine Augen an die Finsternis gewöhnt haben, erkenne ich das ganze Ausmaß des Zerfalls.

Die ehemals aufregend bunt bemalte Kirche ist nur noch ein blasser Schatten ihrer selbst. Die Holzbänke liegen in kleine Stücke zersägt in einer Ecke wie Brennholz. Auf dem Steinblock, der einmal der Altar war, stehen Becher und Teller, er scheint jetzt als Tisch zu dienen. In der Ecke hinten rechts liegt neben einem verwahrlosten Bücherregal riesiges altes Werkzeug, mit denen man Bergbau betreiben könnte, in einem anderen Jahrhundert jedenfalls. Alles hier wirkt wie aus der Zeit gefallen und tot.

Ein Windhauch streift meinen Nacken, als atmete jemand ganz nah hinter mir und hauchte „Verschwinde!" in mein Ohr.

Entsetzt drehe ich mich um, doch da ist niemand.

Die Eingangstür, die ich absichtlich einen Spalt breit offen ließ, fällt krachend ins Schloss. Ich fühle mich eingesperrt, in einer Falle, umzingelt von unsichtbaren, zischenden, hungrigen Tieren. Endlich ein umgekehrter Spieß, endlich fressen wir sie.

„Siie haben sich leiider niicht an meine Warnung gehalten, wie iich sehe."

Die Stimme des alten Männleins ist eiskalt, kälter noch als die Luft in der Kirche. Hätte ich mir doch nur einen Schal mitgenommen, ist meine erste gedankliche Reaktion, aber vielleicht ist das jetzt auch egal, vielleicht ist das sowieso mein Ende, und niemand muss eine Erkältung fürchten, wenn er stirbt.

Ich antworte und bewege mich nicht, in der kindlichen Hoffnung, vielleicht werde er mich dann nicht entdecken.

„Nuun, mein Kiind, wer nicht hörren wiill, muss füühlen. Allein iich überlege nooch, welch Strafe Iihnen gebührt. Wir werrden wohl kämpfen müssen, ein Duell, ja, eine wuunderbarre Idee, wie iimmer, derr Herr."[2]

Offenbar unterhält er sich nun mit sich selbst, sehr gut. Ich versuche, seine Stimme zu verorten, doch sie scheint überall zu sein. Ausgezeichnete Akustik hier drin, würde meine Mutter sagen.

---

[2] Zur besseren Verständlichkeit wird auf den folgenden Seiten auf die Darstellung der besonderen Aussprache des Wächters verzichtet.

Ein Kampf? Obwohl ich die Vorstellung hasse, verletzt werden zu können, fühle ich mich bereit. Ich habe an der Uni schließlich mal eine Zeit lang Kickboxaerobic belegt, was kann schon passieren? Das Adrenalin kickt, meine Fäuste sind geballt, los, komm schon, alter Mann.

„Gedenken Sie wirklich, zu kämpfen, junge Dame? Gegen wen, und wie? Sehen Sie, ich lebe hier, da waren Sie noch nicht mal ein Gedanke Ihrer hochgeschätzten Eltern, ja selbst diese waren noch nicht mal angedacht. Ich verteidige diesen Ort, solange ich denken kann, einen Menschen wie Sie zu vertreiben, wäre mir ein Leichtes. Ja, du sagst es, ein leichtes Spiel, aber wäre uns das nicht etwas zu leicht, zu langweilig, der Herr? In der Tat. Darf ich Sie fragen, wonach Sie hier suchen? Was ist Ihr Anliegen, Ihr Ziel, junge Dame?"

Die Frage ist diesmal an mich gerichtet. Während ich noch überlege, was ich antworten soll, erscheint an der Säule gegenüber das Bild des alten Mannes. Er lehnt entspannt an dieser und blickt mich neugierig an.

„Herr Wächter, das ist eine gute Frage. Leider kann ich sie nicht beantworten. Weiß man nicht erst, was man gesucht hat, wenn man es findet?"

Ich probiere das typische Hinauszögerungsspiel, das in Filmen immer so gut funktioniert. Warum also nicht jetzt? Dieser Mann hat doch gewiss auch ein Ego, ich muss es nur hervorkitzeln.

„Aha, die Dame ist der Philosophie nicht abgeneigt. Vielleicht sind Sie doch auf dem richtigen Weg, und wenn es auch Ihr letzter ist. Ich denke jedoch, Sie wissen genau, wonach Sie suchen, zumindest denken Sie das. Ist es nicht so?"

„Wissen Sie denn immer, was Sie tun, oder tun Sie es oft auch aus dem Bauch heraus, weil es sich *richtig* anfühlt?"

„Ah, Gegenfragen, netter, aber billiger Trick. Ich werde Sie Ihnen jedoch ausnahmsweise beantworten: Ich handle *nie* nach meinem Bauch. Einmal tat ich es, und verlor alles, was ich hatte. Nein, das ist nichts für mich, für uns, wir müssen hart sein, denken, ja, der Herr, viel denken und schützen."

Das Bild des Wächters an der Säule verschwindet. Es ist, als wäre er überall und nirgendwo zugleich, ein Geist, der sich nach Lust und Laune immaterialisiert.

In der Kirche ist kein Mucks mehr zu hören. Er scheint in Gedanken versunken zu sein, und ich stelle lieber keine weitere Frage in der Hoffnung, dass er von selbst zu reden beginnt. Vorsichtshalber presse ich mir meine Hand auf den Mund; ich kenne mich und meine quälende Neugier, die bisweilen gedankenlos hervorsprudelt und mir alles verpatzt.

„Sehen Sie, das war damals so", ertönt seine Stimme, die eine besondere Farbe angenommen hat: die des Erzählers. Tief und rasselnd holt er Luft. Ich triumphiere innerlich. Wenn man nur lange genug schweigt und die Menschen das Gefühl bekommen, man hört ihnen zu, fangen sie automatisch an zu erzählen.

Der Anfang und das Ende von H. liegen in jenem Moment begründet, als sich das Wasser eines Tages von der Oberfläche der Stadt in ihre Tiefen zurückzog.

Damals entstanden die ersten Geschichten über den riesigen Schatz in einem unterirdischen See, und H. wusste von jenem Augenblick an, als er zum ersten Mal davon hörte, was sein Leben für ihn vorgesehen hatte.

Es war nicht so, als hätte er bis dahin kein gutes Leben gehabt. H. war einer der ersten Fabrikbesitzer, die die Stadt prägten, wie sie heute ist. Er war der, der die Gründung des geheimen Zirkels der „Tribunen" vorschlug; er begründete dies mit dem Wohl der Stadt und ihrer Einwohner, er wollte sie zu einer der größten und schönsten Städte der Welt machen.

Dass sie zusammen auch besser über die Stadt herrschen könnten und es auch *ihr* Wohl begünstigte, musste er nicht erwähnen, das verstanden die anderen auch so. H. war zwar einer der großzügigsten und fortschrittlichsten Fabrikbesitzer, aber selbstlos und uneigennützig war keine seiner Gesten und Ideen.

Er war unter dem gewöhnlichen Volk beliebt, da er sich regelmäßig darunter mischte, er sorgte für die Familien seiner Angestellten und für faire Arbeitsbedingungen.

Nicht nur die Männer respektierten ihn für seine starke und gleichzeitig gütige Hand, auch die Frauen verehrten ihn. Das lag einerseits an seinem Charisma, aber vor allem an seinem Aussehen – dabei konnte niemand genau ausmachen, was genau der Reiz daran war.

Es hieß, er habe die Eigenschaft, für jedes Auge schön zu sein, unabhängig davon, welche Vorlieben man hatte.

Fand die eine Frau blonde Männer anziehend, so sah er in ihren Augen blond aus. In der Vorstellung der anderen Frau hatte er dunkle Locken und grüne Augen, und wieder ein anderer stellte ihn sich mit rötlichen langen Haaren und blauen Augen vor.

Was dieser Mystifizierung half, war seine Ablehnung gegenüber Personenkult. Er hatte nirgendwo Gemälde von sich hängen, er ließ keine Fotos von sich zu. Später fiel es Historikern schwer, seine Geschichte und Person nachzuvollziehen, da er schon zu Lebzeiten dafür gesorgt hatte, so wenig Spuren wie möglich zu hinterlassen. Die einzigen verlässlichen Nachweise für sein Leben waren seine Fabrik, deren Angestellte und – seine Familie.

Schon früh hatte H. eine seiner Jugendlieben geheiratet und mit ihr sieben Kinder gezeugt. Er war der Ansicht, je früher er dieses Kapitel hinter sich hatte, desto eher konnte er sich anderen Interessen widmen. Doch selbst seine Kinder sahen ihn nur wenig und mussten sich wie der Rest der Stadtbewohner ihr eigenes Bild vom Vater kreieren.

Es war nicht so, dass er sich nicht um sie kümmerte, er stellte ihnen alles zur Verfügung, was sie zum Leben benötigten, er ermöglichte ihnen eine gute Ausbildung und viele Kindermädchen, damit auch ihre Mutter ein gutes Leben hatte.

Aber er war fast nie zuhause, er hatte einfach zu viel zu tun. Und wenn er ehrlich war, langweilten ihn die Kinder auch. Es war zwar spannend, die verschiedenen Charakterzüge zu beobachten, die unterschiedlichen Wesen, die jedes einzelne davon mit in die Welt brachte, mehr aber konnte er der Kindererziehung nicht abgewinnen. Kinder waren seine Erfüllung nicht.

Doch was dann?

H. war ein ruheloser Mensch und sich dessen bewusst. So schön und reich sein Leben auch war, so viel Glück er auch gehabt hatte und so viel Liebe ihn umgab – es war nie genug. Er hatte in den Augen anderer alles erreicht, er war reicher und beliebter als alle anderen Tribunen und doch fehlte ihm etwas.

Rastlos suchte er dieses eine fehlende Teil, von dem er dachte, es würde das Puzzle seines bunten und glanzvollen Lebens vollenden.

Er suchte es am anderen Ende der Welt, in den Bergen, auf den Meeren, mit anderen Frauen, Männern, anderen Völkern. Er suchte es in jedem Hobby und zu kaufenden Gegenstand der Erde, er gebar ständig neue Ideen, er wurde selbst zum Fortschritt, ja, Fortschritt wurde das Synonym zu H.

Aber die Unruhe blieb.

Sie wurde zu seiner steten Begleiterin, und schon bald nahm er sie als einen natürlichen Teil seiner selbst an, er hatte sie akzeptiert, hatte schon fast aufgegeben, sie zu bekämpfen.

Ein jeder wird einmal des Kämpfens müde.

Ohne Zweifel, sein Leben machte ihm Spaß, er sah alles, was er tat und gab und bekam, als Geschenk oder Spiel an, er war ein lebensfroher Mensch. Doch seine Sehnsucht ging nicht weg, sie verzehrte ihn, sobald er stillstand, und er wusste, da draußen wartete eine Aufgabe auf ihn, eine, die ihm endlich einen Sinn geben würde für alles, was er tat.

Wenn er gewusst hätte, dass dieses noch Unbekannte sein Leben auf den Kopf stellen würde, hätte er es sich vielleicht nicht gewünscht.

Allein kann sich eine so drängende Sehnsucht *ohne* radikale Veränderung erfüllen?

Bei einem der wöchentlichen Treffen der Tribunen hörte er das erste Mal davon.

Einer ihrer sogenannten Späher hatte die Geschichte aufgeschnappt und berichtete: Das verschwundene Wasser sei dem Volksmund nach in die tiefen Höhlen unter der Stadt geflossen, dort befänden sich nun riesige Seen inmitten von diamantbesetzten Höhlen, und in dem größten liege ein so wertvoller Schatz, wie ihn die Welt noch nicht gesehen habe. Das Wasser habe heilende Wirkung, so erzähle man sich, es habe aber auch ein Abwehrsystem, das Unbefugte abhalte, darin zu baden. Die Seen seien untereinander verbunden durch reißende Ströme, von denen eine Sogwirkung ausgehe. Wer diesen zu nahe komme, der falle hinein und ward nie mehr wiedergesehen.

All diese Märchen überbrachte der Späher dem geheimen Zirkel der Tribunen, und auch wenn sie alle lachten ob der Dummheit des gemeinen Volkes, so blieb das Bild des Schatzes, der diamantenen Höhlen und der intelligenten Seen unwiderruflich in ihren Köpfen hängen.

Als H. an jenem Abend von den Unterirdischen Seen erfuhr, wurde er plötzlich ganz still. Eine große Ruhe erfüllte ihn, und als er später ins Bett fiel, schlief er so tief und fest wie seit Jahrzehnten nicht mehr. Er wusste nun endlich, wofür er am nächsten Tag aufstehen würde.

Von da an widmete er all seine Zeit und Energie der Suche nach den Seen.

Er verbrachte die Tage in Kneipen, wo das niedere Volk, das sich damals ebenfalls noch in rauen Mengen auf Schatzsuche begab, die neuesten Gerüchte, Erfolge und Misserfolge miteinander teilte. Er ging jeder einzelnen Spur nach, ganz gleich, wie verrückt sie klang.

Während er vor seiner Suche noch vermieden hatte, zu Fuß durch die Straßen zu laufen, ging er nun jeden kleinen Schleichweg, jede Gasse und jeden Park ab, um nur ja keine Theorie ungeprüft zu lassen.

Bücher über das Wasser, die Seen und den Schatz gab es damals noch keine, sie wurden erst verfasst, und so war er ganz auf sich und seine Konkurrenz zurückgeworfen, was ihm jedoch nichts ausmachte. Je weniger Wegbeschreibungen du hast, je unbekannter der Weg, desto sicherer sei dir, auf deinem eigenen, dem richtigen Weg zu sein.

Zudem wollte er nicht einer von vielen sein, sondern am besten der Allererste, der einzig Wahre, der voranschritt, dem die Massen folgten.

Er selbst bemerkte seinen Wahn nicht, denn ein Wahn war es, der ihn ergriffen hatte. Er sah weder rechts noch links, nur das vermeintliche Ende des Tunnels, ja, dorthin, ans andere Ende, dorthin musste er es schaffen.

Unter diesem Wahn litten seine Familie, seine Fabrik und seine Angestellten.

Die ganze Stadt sah, dass ihr Vorzeigemann sich grundlegend geändert hatte.

Er erschien nicht mehr auf der Arbeit, hielt keine Gelegenheitspläuschchen mit seinen Angestellten, kümmerte sich nicht um deren Familien, kümmerte sich nicht mehr um das Geschäft. Das hatte er anderen überlassen, die schon lange darauf gierten, seinen Platz einzunehmen und die er bisher stets abzuwehren gewusst hatte. Jetzt war ihm das egal, er überließ ihnen seinen Platz mit Vergnügen.

Er kümmerte sich auch nicht mehr um seine Ehefrau und die Geliebten. An seine vermutlich zwanzig Kinder dachte er kein einziges Mal, sie waren alt genug, er hatte für sie gesorgt, was gingen sie ihn jetzt noch an?

Sein Aussehen verwahrloste, er vergaß, sich zu waschen oder die Kleidung zu wechseln.

Die anderen Tribunen machten sich große Sorgen. Wenn das mit H. so weiterging, waren sie alle angreifbar, denn bei seinem Geisteszustand war es wahrscheinlich, dass er früher oder später eines ihrer Geheimnisse – zum Beispiel ihre Existenz – ausplauderte. Es war ihm alles gleich, was kümmerte ihn also diese lächerliche Gruppe an stinkreichen, machtbesessenen Männern? Und schlimmer: Was kümmerte ihn die Stadt?

Die Stadt war seine Feindin und zugleich Verbündete. Sie hasste ihn, da war er sich sicher. Nicht nur ihn persönlich, sondern alle Menschen in ihr.

H. war überzeugt davon, dass die Stadt ganz genau wusste, was die Tribunen alles angestellt hatten, um heute dort zu sein, wo sie waren.

Sie hasste den Rauch, der aus ihren Fabriken quoll, der ihre Lungen verpestete und sich auf ihr ablegte, der sie grau und krank gemacht hatte.

Sie hasste, wie ihre Einwohner miteinander umgingen, den rauen, kalten Ton, die lieblosen Gesten. Alles, was schön war an ihr, bauten sie zu, rissen es aus, brannten sie nieder.

Es war ihre persönliche Rache, den Menschen das Wasser zu entziehen, und der Stadt, deren Name „Boot" bedeutete, damit all das zu nehmen, was sie ausmachte.

Ein Boot ohne Wasser verliert schließlich seinen Grund zu existieren und ist – überflüssig.

Anstelle des verschwundenen Wassers stieg nun abends dessen Geist aus dem Untergrund empor, er kroch in alle Ecken und Ritzen und Poren, bis die Menschen fröstelnd in ihre Höhlen flohen, wo sie sich erst am nächsten Morgen, wenn sich der Nebel aus Respekt vor der Sonne zurückgezogen hatte, hervortrauten.

Die Stadt wollte die Menschen aus ihr vertreiben, das schien ihr ganzer Plan zu sein, und es gelang ihr. Die Menschen zogen scharenweise in andere Städte, sie schimpften auf sie, und nur wenige Gäste verirrten sich hierher, meist aus Versehen oder auf Durchreise.

Diese Entwicklung besorgte die Tribunen. Wie sollten sie ihr Geld und ihre Macht behalten, wenn da niemand mehr war, über den sie diese ausüben konnten, und der für ihr Vermögen schuftete? Denn nicht nur diejenigen, die es sich leisten konnten, verließen die Stadt, sondern auch jene, die bisher nur von der Hand in den Mund gelebt hatten, die mit ihrer täglichen, harten Arbeit das exzessive Leben der Tribunen erst ermöglichten, machten sich auf den beschwerlichen Weg in andere Städte. Und wenn sogar die Ärmsten beginnen, abzuwandern, ist das ein alarmierendes Zeichen.

Für H. war die Abwanderung wunderbar, denn sie bedeutete, weniger Konkurrenz zu haben. Er hätte genug Ideen gehabt, die Menschen in der Stadt zum Bleiben zu zwingen, doch er behielt sie zunächst für sich. Die anderen Tribunen hatten vor kurzem *ihn,* den Beliebtesten und Reichsten unter ihnen, aus ihrem Kreis ausgeschlossen und ihm alle Rechte entzogen.

Er war ein Ausgestoßener nicht nur von dem von ihm gegründeten Zirkel, sondern auch von seiner Familie. Seine Frau hatte das Theater nicht lange geduldet, sie hatte ihn bald vor die Tür gesetzt, auch zu ihrem und der Kinder Schutz.

In der Stadt ging sogar das Gerücht um, er sei verstorben, andere munkelten, er habe sich ins Ausland abgesetzt. H. selbst konnte über diese Geschichten nur lachen, und er war froh darum.

All dies bedeutete für ihn nur, umso freier in seiner Suche zu sein, unabhängiger von menschlichen und gesellschaftlichen Erwartungen.

Und so vergingen die Jahre. Die Stadt hatte einen üblen Ruf im ganzen Land und selbst die Menschen, die in ihr geblieben waren, hassten sie für das, was sie ihnen angetan hatte.

Von der Rolle der Stadt als seine Antagonistin war H. vollends überzeugt, er spürte sie bis in die Knochen. Und doch: In diesen Tagen, Wochen, Monaten, in denen er auf der Suche nach ihren unterirdischen Geheimnissen war, kam er in einen so engen Kontakt mit ihr wie noch nie. Er lernte sie bis in die dunkelsten, hässlichsten, dreckigsten Ecken kennen, und als er alles von ihr gesehen hatte, als er sie liebte, wie er noch niemanden geliebt, zeigte sie ihm den Weg.

Eines Tages, als er wieder einmal eine der dunkleren Straßen erkundete und jeden Knopf drückte, an jeder Tür und jedem Kanaldeckel entlangstrich, öffnete sich aus dem Nichts eine Tür.

Es war die Tür der Bunten Kirche.

Später, als H. schon längst den Zugang nach Unten gefunden und sich zum Wächter „seines" unterirdischen Reiches ernannt hatte, kam ihm die entscheidende Idee, die sowohl eines seiner als auch das Problem der Tribunen löste. Er fragte nicht lange nach deren Erlaubnis, er wusste, dass sie noch immer am Zustand der Stadt und ihrer nachlassenden Macht verzweifelten, und es wäre ihm genauso gegangen, hätte er sich nicht schon lange von diesen irdischen Bestrebungen befreit.

In einem seiner unterirdischen Labore entwickelte er in jenen Tagen eine Essenz, die er nach und nach dem Nebel beimischte. An verschiedenen Stellen in der Stadt positionierte er spezielle Maschinen, die nachts das Gemisch in den Nebel pumpten.

Es war ein durch und durch teuflisches Gebräu, das er da erfunden hatte, und er platzte vor Stolz. Wenn ein Mensch nun den Geist des Wassers einatmete, ängstigte ihn dieser nicht mehr.

Abends entfaltete die Essenz eine beruhigende Wirkung, der Mensch vergaß, was ihn bedrückte, er fühlte sich zufrieden mit seinem Leben und schlief tief und fest bis zum nächsten Tag.

Morgens wirkte der Nebel stimulierend: Ein Mensch, der ihn mit seinen Poren aufnahm, war gewillter zu arbeiten, höriger den Befehlen der Vorgesetzten, und so betäubt, dass der eigene Wille im Hintergrund verblasste.

Der Nebel raubte den Menschen die Kraft, eigenständige Ideen zu entwickeln, er tötete jegliche Kreativität und Fantasie ab, und so waren aus denjenigen, die den Nebel einatmeten, leicht zufriedenzustellende, einfach zu beherrschende Einwohner geworden, die nichts mehr wollten, außer ihrer Arbeit nachzugehen und abends ihre Ruhe zu haben.

Ganz im Sinne von H., denn es begaben sich nun noch weniger Menschen auf die Suche nach den Unterirdischen Seen – die meisten Einwohner hatten diese durch ihre tägliche Dosis Nebel vergessen oder sie bereits als Unfug abgetan.

Doch das Gift des H. betäubte nicht nur Menschen. Die Stadt war mittlerweile zu seiner engen Freundin geworden, die ihm gute Dienste leistete, ihn versteckte, ihm ihre Geheimnisse zeigte, ihn warnte und mit Nahrung versorgte.

Er kannte sie, sie kannte ihn.

Seit er den Nebel mit seiner Essenz versetzt hatte, bemerkte er auch an ihr gewisse Betäubungserscheinungen. H. wunderte sich anfangs, warum sie morgens so langsam aus den Gängen kam und der Nebel oft noch stundenlang nach Sonnenaufgang am Boden hängen blieb, zäher und dichter als zuvor.

Die Verspieltheit, die ihre Beziehung so besonders gemacht hatte, war verflogen, ihre Alleingänge, ihre Tricks und Manipulationen, die er so an ihr liebte, wurden weniger, bis sie schließlich ganz ausblieben.

Über die Stadt legte sich eine große Stille.

Bisweilen ist der Nebel greifbar, und wer in den oberen Stockwerken wohnt, hat das Gefühl, über den Wolken zu schweben.

200

An diesen Tagen fühlen sich die Bewohner der Stadt wie benommen, als hätte sich der Nebel auch in ihrem Kopf breitgemacht.

Dann ist die Stadt mit Untoten gefüllt, niemand achtet auf den anderen, alles egal, wichtig nur ist es, den Tag hinter sich zu bringen, morgen wird besser, ganz bestimmt.

Wenn zwei Passanten im dichten Nebel aneinanderstoßen, erwachen sie kurz, erschrocken, entschuldigen sich hektisch und hasten schnell weiter, ein wenig gebeugter als zuvor.

Der Nebel zerfrisst jede Lebensfreude, er verschluckt die Farben der Natur, saugt alles Schöne in sich auf. Er ist allgegenwärtig, im Innen und Außen der Menschen.

Und trotzdem: So sehr er sie auch bedrückt, so schwer er auf der Stadt liegt, geben sie nie ihm die Schuld. Der Nebel umarmt die Bewohner wie eine weiche, warme Decke, sie fühlen sich geborgen, zuhause, geliebt.

Jeden Abend gehen sie betäubt, aber zufrieden ins Bett. Sie haben schon wieder vergessen, wie anstrengend und lang dieser Tag war, und sie sind aufs Neue überzeugt davon, in der schönsten Stadt der Welt zu wohnen.

Wollen sie diese in seltenen Fällen verlassen, sind sie schon nach einem Tag in der Fremde zittrig, unsicher und voller Sehnsucht nach „ihrer" Stadt. Sie können nur schlecht schlafen, wenn sie nicht jeden Tag wenigstens ein wenig vom Nebel einatmen, der zu ihrem Zuhause gehört wie die vielen Schlote, das fehlende Wasser, die Hektik auf den Straßen.

Wir wissen nicht, ob sie die Stadt jemals wirklich verlassen. Ob das überhaupt *möglich* ist.

Manche erzählen, dass sie einmal woanders waren, und doch sind sie immer wieder schnell zurück, als hätte der Nebel sie gerufen, oder als wäre es unmöglich, ohne diesen zu leben. Sie kehren zurück und haben vergessen, was sie dort draußen wollten, haben vergessen, wo sie waren, oder dass sie die Stadt überhaupt verlassen haben.

Vielleicht umgibt die Stadt ein unsichtbares Gewebe, das den Menschen vorgaukelt, an anderen Orten zu sein, ein anderes Leben zu leben, bis sie schließlich umkehren, umnachtet, mit Bildern und Geschichten im Kopf, als wären sie nun ein anderer und besäßen neue Augen.

Und manche gehen zum Sterben dort hinein, sie lösen sich auf in den sanften Stimmen, in den bunten Bildern, in den Wünschen und Träumen, und umschweben fortan unsere Stadt, gefangen im ewigen, aus uns selbst bestehenden Gewebe.

Auch in der Kirche ist es plötzlich still. Zu still.

Vielleicht trauert er seiner Freundin nach, denke ich.

Der alte Mann ist ein guter Erzähler, so gut, dass ich gar nicht fassen kann, was er mir da soeben offenbarte. Das hat er doch erfunden, oder? Er lebt schon lange in seiner eigenen Welt.

Tief in Gedanken versunken, bemerke ich zunächst nicht, dass ich immer weniger Luft bekomme.

Manchmal vergesse ich das Atmen, vor allem, wenn ich so furchterregende Dinge verarbeiten muss.

Doch diese Luftnot, die ist echt. Etwas drückt meine Kehle zu. Panik steigt in mir auf.

Was passiert da gerade?

Ich versuche, zurückzuweichen, und lande mit meinem Rücken an der Säule hinter mir. Da ist nichts, was ich bekämpfen kann, heiße Tränen auf kalten Wangen, zwei unsichtbare Hände an meinem Hals.

„Du hast doch wohl nicht gedacht, dass ich dich mit dieser Geschichte einfach so gehen lasse?", zischt eine hasserfüllte Stimme in meinem Kopf.

Da hat er recht, der alte Mann, das war naiv von mir. Aber wer glaubt schon an den eigenen Tod, bis er tatsächlich eintritt?

„All meine Bemühungen, euch von den Unterirdischen Seen, von *meinem* Reich, fernzuhalten, dafür habe ich alles geopfert, sogar die Freundschaft zu meiner Stadt. Aber es hat sich gelohnt, endlich nur noch wenige von euch, die ich abwehren muss. Und jetzt kommst du des Wegs und weißt nicht einmal, was du hier suchst? Behauptest dies in aller Unverfrorenheit? Oh nein, mein Vermächtnis überlasse ich nicht einfach einer dahergelaufenen Touristin ohne Plan, ohne Ziel, ohne gebührenden Respekt, du nichtsnutziges Gör!"

Er drückt fester zu und ich stelle mir vor, wie ich langsam blau anlaufe.

Ich hebe die Hände nach oben, als Zeichen, dass ich mich ergebe. Das ist es nicht wert, das ist es einfach nicht wert. Ich will nur noch nachhause, *bitte*.

Wie kämpft man gegen einen Geist? Und ist das überhaupt ein Kampf, wenn eine Seite gar keine Chance hat, sich zu wehren?

Ich stelle mir vor: Er ist gar nicht da. Er existiert nicht, er ist schon lange tot, das ist nur meine Angst, die mir die Kehle zuschnürt. Diese Geschichte habe ich mir selbst ausgedacht, um die Stille des Ortes und die schreiende Stimme in meinem Kopf mit Worten zu übertönen.

Plötzlich lässt der Druck an meinem Hals nach und mir gegenüber, an die nächste Säule gelehnt, erscheint der alte Mann.

Er mustert mich abschätzig, und auch ich sehe ihn mir noch einmal genau an, jetzt, da ich seine Geschichte kenne.

Ist es vermessen zu sagen, ich würde hinter der Bitterkeit und dem Wahn noch einen Menschen erkennen? Einen Menschen, der einstmals schön war? Vielleicht bilde ich es mir nur ein, weil ich hoffe, in ihm den Menschen anzusprechen, denn ein Mensch trägt Güte in sich und Nachsicht und Mitgefühl.

Wenn sein Hass und die Gier diese menschlichsten Eigenschaften nicht in ihrer Gänze aufgefressen haben, gibt es noch eine Chance für mich.

„Sie fragen sich, was ich bin, nicht wahr? Bin ich Geist, bin ich halb Mensch, halb Toter?", haucht er mit müder, brüchiger Stimme.

Ich nicke vorsichtig.

„Um ehrlich zu sein, ich weiß es nicht mehr. Ich bin so lange schon in dieser Kirche, so lange unter der Erde, dass ich viele Tage wohl einfach übersprungen habe. Ich weiß nicht mal, welches Jahr wir haben, geschweige denn, welchen Monat. Manchmal verschwinde ich, bin nicht mehr da, und dann wieder spüre ich alles, dann *lebe* ich, in all der schmerzhaften und schönen Ganzheit. Manchmal bin ich nur ein Gefühl, wie gerade eben, manchmal bin ich Hass, und dann wieder pure Freude. Manchmal bin ich der Neid, und manchmal bin ich Argwohn oder Eifersucht."

Seine Stimme hat wieder an Kraft gewonnen.

„Ich kontrolliere noch immer jeden Zugang nach unten, ich kümmere mich um all die unterirdischen Höhlen und Zimmer, die ich über die Jahre ausgebaut. Was macht das aus mir? Wer bin ich, wenn ich das aufgebe? Ich existiere doch nur dafür! Was wird aus meinem Vermächtnis, wenn ich den Jungen alles übergebe, die doch nichts verstehen, die alles zerstören werden, alles, was ich aufgebaut habe?! Nein, mein Herr, nein, das lassen wir uns nicht nehmen, wir sind besser als sie, wir sind das einzig Wahre, sie müssen weg, weg mit ihnen, mit allen, die nicht wie wir sind!"

Der selbsternannte Wächter ist wieder in seinem Element.

„Den meisten Suchenden liegt gar nichts an den Unterirdischen Seen. Nicht wirklich. Die meisten denken nur daran, etwas Besonderes zu sein, sie wollen den anderen davon erzählen, sie wollen wenigstens einmal in ihrem jämmerlichen Leben etwas Außergewöhnliches erfahren. Diese Menschen sind nicht dafür geschaffen, diese Reise zu überleben. Sie finden bisweilen den Weg nach unten, aus Sturheit, weil sie nicht aufgeben können, und weil sie Glück haben. Ich habe ihnen oft bereitwillig die Tore geöffnet, weil ich wusste, sie würden nicht zurückkehren. Denn niemand, der vom unterirdischen Wasser getrunken, kehrt als derselbe Mensch zurück, der er war. Viele stürzen sich aus Verzweiflung in die Fluten des Allesverbindenden Flusses, andere verirren sich auf dem Weg nach oben, und der kleine Rest, der an die Erdoberfläche zurückkehrt, ist fortan unfähig, in dieser Stadt zu leben wie zuvor. Davon haben Sie bestimmt gehört. Ja, mein Herr, alles unwürdige Kretins, die nichts anderes verdient haben, mein Herr."

Jetzt fällt es mir erst auf: Die Stimme, die ihm da antwortet, klingt, als wäre sie ihm untertan. Als ehemals Superreicher vermisst er seine Bediensteten bestimmt.

Sein Sermon ist noch nicht zu Ende und ich bin froh darum, weil ich mir derweil überlegen kann, wie ich vorgehe. Wie ich hier wegkomme.

„Was ihr noch nicht verstanden habt, aber wie auch, mit diesen lächerlich kleinen Gehirnen", schimpft der alte Mann weiter. „Dieser Trick meiner alten Kameraden hat Wunder gewirkt. Alle starren in diese eckigen Kästchen hinein, ganz gleich, ob groß oder klein, lassen sich berauschen von den bunten Bildern und Geschichten, fluten ihr Hirn mit Informationen, die sie nicht benötigen, die sie dümmer machen, weil sie darüber vergessen, ihre eigenen Augen, ihr eigenes Gehirn zu benutzen. Ah, so klug, mein Herr, das waren schließlich auch Ihre Ideen, mein Herr, und sie stopfen sie voll mit Essen und Trinken, volle, satte Bäuche gehen nicht auf die Straße, volle Bäuche sind gleichgültig, ja."

Er schüttelt sich, wie um die Stimme seines Bediensteten loszuwerden.

„Was ihr nicht verstanden habt: Es geht und ging nie um die Höhle und den See. Es geht um die Sonne im Gesicht, um den Ausgang. Es geht darum, was passiert, wenn du wieder nach oben kommst. Wer du dann bist. Wie du dann siehst. Das ist das eigentliche Geheimnis, und deshalb verfolgen sie euch. Ihretwegen könnt ihr den

Weg nach unten finden, bleibt am besten für immer dort, denn darum geht es nicht. Ihretwegen könnten alle Bewohner der Stadt die Unterirdischen Seen finden. Das Problem sind diejenigen, die zurückkehren. Und das darf nicht geschehen.

Mir persönlich könnte es ja gleich sein, wieviele von euch die Wahrheit über unsere Stadt erkennen. Und wenn schon? Warum ich mein Reich also beschütze? Vor euch, dem Pöbel! Ihr erkanntet den größten Schatz nicht, wenn man ihn euch unter die Nase reibte! Am Ende herrscht wieder Chaos auf unseren Straßen, und dann raubt ihr dem See seine Seele, ihr beutet ihn aus, stehlt alles, kopiert es, bis nichts mehr übrig ist von jener Magie, die ihn so einzigartig macht. Ihr verkauft sein Wasser, bis er austrocknet, ihr streckt es, um noch mehr Geld zu machen. Die Bedeutung des Ortes? Bedeutungslos! Nein, beileibe, ich werde nicht zulassen, dass man mir nimmt, wofür ich alles aufgegeben habe, worin ich alles, was ich hatte und wer ich war, gesteckt; wer bin ich, wenn dies wegfällt? Wer bin ich, wenn nicht Wächter dieses magischen Reichs?"

Er zittert am ganzen Körper. Ich weiß nicht, ob aus Erregung oder aus purem Horror vor diesem Bild.

Es interessiert mich auch nicht mehr. Sein Gerede langweilt mich, warum weint er mir etwas vor, er, der sich selbst für diesen Weg entschieden hat.

Man sollte meinen, wenn man so alt ist wie er, dass man anderen schon als Geist erscheint, sollte man ein paar Dinge verstanden haben – oder zumindest Verantwortung für sie übernehmen.

Immer noch stehe ich nicht weit von der Eingangstür, es wäre mir also ein Leichtes, mit ein, zwei Sätzen aus dieser verfluchten Kirche zu fliehen.

Ja, Sie sehen richtig, *Konjunktiv*.

Denn während der Alte seinen Monolog führt, habe ich mich in der Kirche umgesehen und einen dunklen Raum rechts vom Altar entdeckt, ein zartes Licht flackert darin.

Alles in mir strebt in diese Richtung.

Alles in mir schreit: Wenn du jetzt nicht dort hineingehst, wirst du es für immer bereuen, dann war alles umsonst.

Was soll's also.

Leise setze ich meinen ersten Schritt in die Richtung des dunklen Raums und beobachte dabei den Wächter.

Er würdigt mich nicht mal mehr eines Blickes, schwafelt gerade von den verschiedenen Abwehrmechanismen, die er sich im Laufe der Jahre für die Zugänge nach unten sowie kurz vor dem See ausgedacht hat.

Was für ein grausamer Mensch, denke ich, und setze einen weiteren Fuß vor den anderen. Wie gut, dass ich mal Pfadfinderin war, oder war das nur in einem Buch? Manchmal verwechsle ich, was ich wirklich erlebt oder wovon ich doch „nur" gelesen habe.

Seltsamerweise habe ich keine Angst mehr vor ihm.

Er ist wahrlich eine Erscheinung, das muss man ihm lassen, und wie er vorhin meine Kehle zudrücken konnte, verstehe ich nicht. Aber es tut nichts zur Sache, manche Dinge muss man nicht verstanden haben, um sie hinter sich zu lassen.

Das, was zählt, ist: Ich weiß, er kann mir nichts mehr tun, er ist nur das Gespenst eines schrecklich alten, einsamen Mannes, der mit letzter Kraft zu verteidigen sucht, was seiner Meinung nach ihm gehört. Was nie sein war, was auch ohne ihn existiert hätte, nur wusste er eben, es sich zunutze zu machen.

Er lebt nicht mehr, zumindest nicht in meiner Welt, das habe ich in den letzten Minuten erkannt.

Er lebt in seiner eigenen Welt, die er mitgeschaffen, mitverursacht hat, und alles, was er ist, ist er nur, weil alle anderen noch existieren, denen er seine Geschichte erzählen kann.

Fällt diese in sich zusammen, was ist er dann noch?

Dann muss er loslassen, sich neu erfinden, oder – wenn er mutig genug ist – sich von allen anderen Erzählungen befreien, sich nackt machen, sterben, um von Neuem zu beginnen.

Manchmal gäbe ich viel darum, meine Geschichte neu zu schreiben, von Anfang an, diesmal stimmte jeder Satz, der Rhythmus, die Handlung.

Wir können das im Nachhinein, sie überschreiben, aber selbst schreiben wir sie zunächst nicht.

Sie wird geschrieben, und wir werden geworfen in eine Erzählung, die Ausgangslage, die Protagonistinnen, alles nicht in unserer Hand.

Später dann, wenn wir gelernt haben, wie man Stift und Papier verwendet, können wir mitbestimmen, wohin unsere Geschichte geht. Manchmal ist es dann schon zu spät für ein glückliches Ende, manchmal sind zu viele Parameter schon gesetzt.

Aber wie wäre es damit: Einfach die letzten Seiten zerknüllen, ab in den Papierkorb damit, sich aller bisherigen

Erzählungen entledigen, und die Geschichte neu schreiben?

Ist das möglich?

Dafür müssten wir uns erst des Stiftes in unserer Hand bewusst werden, doch viele sehen diesen nicht, sie überlassen ihre Geschichte anderen, werden zum Protagonisten der Erzählungen anderer.

Der Wächter schwärmt gerade von den Tribunen, diesem von ihm gegründeten, geheimen Kreis der reichsten Männer der Stadt, die aus dem Schatten heraus über diese herrschen. Er spricht über sie, als wäre er noch immer ein Teil von ihnen.

„Ich und meine Männer können tun und lassen, was wir wollen, wir sind unantastbar. Wer legt sich denn auch mit dem Kapital an? Wir können jeden Menschen kaufen, damit er das tut, was wir wollen, und wer sich dagegen wehrt, der wird nicht mehr lange dazu fähig sein."

Hämisches Lachen.

„Wer gegen uns kämpfen will, kämpft gegen das Geld allgemein, gegen das von uns etablierte System. Nein, das lassen die wirklich Klugen sein, ja, Herr, außer diese dumme Widerstandsgruppe, zu der diese da wohl auch gehört, Herr. Nein, wir lenken ihre Unzufriedenheit und ihren Hass, sofern sie einmal trotz des Nebels entstehen, nach unten, sodass die Menschen stets gegen diejenigen treten, die ihnen näher sind, die unter ihnen stehen. Nach unten tritt es sich schon immer leichter."

Fieses Gelächter.

Außer – und deshalb habt ihr Angst vor uns – wir bilden eine Räuberleiter, und vom blutigen Sand in der

Arena aus erobern wir Schulter an Schulter die Tribünen. Wir sind mehr, gemeinsam werden wir immer stärker sein.

Denke ich rebellisch, und betrete die ehemalige Sakristei.

Finsternis. An den Wänden alte Schränke, vereinzelte Bücher und Stoffe darin, die hölzernen Türen herausgerissen oder in den Angeln hängend.

Unter meinen Füßen der steinerne Boden und ein knirschendes Gefühl, als ginge ich auf Kieselsteinen, Glas und Erde.

In der Mitte des Raums das flackernde Licht einer Kerze, sie hüpft aufgeregt hin und her und nach oben und unten, als würde sie mir nervös zurufen:

Hejj, hallo, hier drüben, passs blooßß auff, wo du hinntrittst, halloo, du bissst neu hier, Achhtung, Achhtung, hier issst ein großesss Loch! Meinetwegen fall hinein, aber ich hab dich gewarnt, hihi, lalala, hier, schau!

Die hyperaktive Kerze zeigt mit ihren Fingern auf den kreisrunden, schwarzen Fleck vor ihr, und ich wage es endlich, hinzusehen.

Vor mir klafft ein bestimmt zwei Meter breites, tiefschwarzes Loch im Boden, aus dem der Geruch nach Erde und Holz strömt, den ich schon beim Eintritt in die Kirche wahrnahm. Eine Leiter führt hinab ins Nichts, das alles verschluckt, das Licht der Kerze, meine Freude, und bestimmt auch jedes Wort, doch wegen des Wächters traue ich mich nicht, hineinzurufen.

Da ist es.

Das Unbekannte in seiner Reinstform.

Das Tor, das ich die ganze Zeit, wenn auch unbewusst, suchte.

Der Zugang zu Allem und Nichts, und jede Zelle in mir weiß, ich bin dort, wo ich sein soll. Gänsehaut, vor Ehrfurcht, aber auch wegen der kalten Luft, die aus dem Loch strömt.

Hüpfe ich hinein wie Alice und das Abenteuer meines Lebens beginnt?

Oder ist das dieser Moment in Horrorfilmen, bei dem man sich nur mit der flachen Hand an die Stirn schlagen kann ob der Dummheit der Protagonistin, die doch gefälligst *nicht* das alte, verfallene Haus mitten im Wald betreten soll?

Wenn wir nur alles schon immer im Voraus wüssten.

Doch es bleibt keine Zeit mehr, mir alle möglichen Folgen auszumalen. Ich höre Schritte. Der alte Mann hat endlich mein Fehlen bemerkt, er schreit nach mir, halbherzig.

Wenn er mich davon abhalten will, hinunterzusteigen, warum setzt er nicht seine gruseligen Geisterfähigkeiten ein?

Doch seine Kraft hat nachgelassen, seit ich beschlossen habe, ihn nicht mehr für voll zu nehmen, ihn zu ignorieren und meinen Weg zu gehen.

Ab jenem Moment bemerkte ich ein Zittern in seiner Stimme, die noch immer lauthals von seinen Errungenschaften prahlte, jedoch mit vermehrten Fragezeichen und einem mitleiderregenden Bedürfnis nach Bestätigung.

Wie anstrengend muss ein Leben sein, wenn man sich von Feinden umzingelt und die Welt kurz vor dem Untergang sieht? Wenn man bemerkt, dass der eigene Status des Unangreifbaren zu bröckeln beginnt, ja sogar Statuen des eigenen Spiegelbilds schon gefällt wurden? Wenn man sich plötzlich gezwungen sieht, sich mit sich selbst, seinem Handeln und dessen Konsequenzen, nicht nur heute, sondern auch vor dem eigenen Dasein, auseinandersetzen zu müssen?

Die Erbfolge wurde abgeschafft, doch gegen den Sturz kämpft der einst unangefochtene König wie ein verwundetes, im eigenen Blut liegendes, mit letzten Zuckungen sich gegen das Unvermeidliche wehrendes Tier…

Was passiert, wenn du hinuntersteigst?

Kein Nebel mehr in der Untenwelt. Keine Betäubung.

Dunkelheit, in der du dir selbst begegnest, im besten Fall. Im schlechtesten steht dir ein Suchender gegenüber, gierig nach Essen oder menschlicher Gesellschaft.

Man munkelt, manche Ungeheuer dort unten passten sich den eigenen Albträumen an, sie erschienen in der Gestalt, die man selbst am meisten fürchtete. Andere erzählen, es jagten einen dort unten nur die eigenen Monster, die eh die grausamsten sind.

Ich bin gespannt. Ich liebe Gruselgeschichten und die Gänsehaut, die sie verursachen, glaube aber nicht an die Existenz von Monstern.

Die wahren Ungeheuer sind wir uns selbst gegenüber, denke ich, und schreite, ohne zu zögern, auf den Abgrund in der Mitte des Raumes zu.

Muss ich durch die Wüste gehen, um zur Höhle zu finden?

Muss ich in die Schattenwelt eintreten, von der niemand jemals zurückkam?

Ich mache es einfach.

Ich bin es leid, auf meine Ängste zu hören, bin es leid, mich zu verstecken, mein helles Licht mit einem Tuch zu verdecken, um ja niemanden zu stören.

Ich mache es einfach.

Ich fasse mit beiden Händen nach der Leiter, rüttle an ihr, ob sie stabil steht. Dann setze ich den ersten Fuß auf die letzte Sprosse, die ich im Licht der Kerze noch erkennen kann.

In diesem Moment betritt der alte Wächter den Raum.

Er sieht mich, die ich im Inbegriff bin, hinunterzusteigen in sein geliebtes Reich, über ein Loch im Boden, das er mit seinem Leben verteidigte. Eines der letzten seiner Art.

Er starrt mich an, Hass, Verachtung und Enttäuschung in seinen Augen.

Ich mache mich auf einen Angriff gefasst; er wird sicher versuchen, mich nach oben zu ziehen, auch wenn ich mich frage, wie er das angesichts seines Figürchens, das nur noch aus Haut und Knochen und Dunkelheit zu bestehen scheint, angehen will.

Doch der alte Mann bleibt in der Tür stehen.

Er schüttelt seinen Kopf, hebt die Hände nach oben, um anzuzeigen, dass er aufgibt, und dreht sich um. Plötzlich zischt mir seine Stimme direkt ins Ohr, so nah, als stünde er neben mir:

„Betrrreten auf eiiigene Gefahr. Ich habe Siie gewarrnt!"

Ein Wutschrei hallt durch die Kirche, die Tür fällt krachend ins Schloss, ein Windstoß, Nacht.

Das Feuer der Kerze hat den Raum mit dem Wächter verlassen.

Diese Leiter scheint aus einer Million Sprossen zu bestehen. Es fühlt sich an wie eine Ewigkeit, seit ich die erste betrat.

Auch wenn mein Sinn für Zeit und Raum verschwunden ist, bin ich mir doch bewusst, mich noch immer mit beiden Händen an der hölzernen Leiter festzuhalten, und mit beiden Beinen meinen Weg nach unten fortzusetzen.

Am Anfang zählte ich die Sprossen noch mit, doch irgendwo nach hundert habe ich aufgehört. Die Kälte nimmt zu wie der Geruch nach Erde, nach Verbranntem, Holz. Höre ich schon das Wasser rauschen oder ist das das Blut in meinen Ohren?

Hätte ich mal lieber eine Taschenlampe mitgenommen, denke ich noch.

Als ich meinen Fuß auf die nächste Sprosse setzen will, trete ich ins Nichts.

Moment, das kann nicht sein. Das Ende der Leiter muss doch der Anfang vom Boden sein, vom Nächsten, von irgendetwas?!

Doch darunter – nichts. Schwarze Leere, und die Leiter baumelt in der Luft.

Was hält sie nur? Ist das eine Falle des Wächters? Was nun?

Der Boden ist sicher nicht weit entfernt, das kann ich locker abfedern. Denke ich in blindem Vertrauen – und lasse los.

Falle tief und tiefer, Finsternis umarmt mich wie schwarzer Samt, rasend schnell scheine ich zu fallen, tausend Stockwerke weit, mir wird schwindelig, ich schließe die Augen und verliere das Bewusstsein.

Als ich aufwache: Nichts. Eine Schwärze, die alles verschlingt.

Sogar die Zeit.

Keine Vergangenheit, keine Zukunft.

Kein Geräusch, nicht mal meinen Atem höre ich, weil ich kurz vergessen habe, wie das geht.

Atmen.

Alles in mir schreit. Ich hämmere gegen die Wände.

Es ist eine seltsame Box, in die sie, wer auch immer, mich gesperrt haben, sie hat unendlich viele Seiten, ist elastisch, dehnbar, samtweich und hart.

Ein alles durchdringender Schmerz macht sich in der Mitte meiner Brust breit. Die Wunden in meinem Herzen klaffen offen, sie tun so weh wie damals, als sie entstanden.

Zum ersten Mal in meinem Leben schreie ich laut und all die Schmerzen hinaus.

Ich kann das hier, die Schwärze verschluckt alles.

Schreien befreit, viel zu wenig habe ich geschrien, das macht man nicht, das gehört sich nicht, sei lieber leise und unauffällig. Wie unweiblich, so laut zu sein, was stimmt nicht mit dir, dass du solch maßlose Wut und Zorn in dir hast?

Schmerzensschreie. All die Ängste, verlassen zu werden, für immer allein zu sein, nicht geliebt zu werden, alle Szenen der Vergangenheit stehen mir vor Augen und mein Kopf reizt jeden Moment aus.

Ich will hinaus, nicht allein sein, warum ruft mich keiner an, wieso mag mich keiner, warum bin ich nur so einsam? Wieso kann ich nicht einfach so wie die anderen sein?

Das ist nicht echt, L., das hier ist nicht echt. Schreie ich gegen die Stimmen an.

Mein Herz kämpft, es ruft nach mir.

Atmen nicht vergessen.

Du bist nicht allein, niemals, und gerade befindest du dich auf dem größten Abenteuer deines bisherigen Lebens. Das ist die letzte Prüfung.

Was mache ich eigentlich auf dieser verdammten Welt? Schreit es weiter.

Wieso tut alles so unglaublich weh? Wieso gibt es so viel Leid? Wieso ist diese verdammte Welt so verdammt ungerecht? Wieso bin ich hier, mir ging es doch gut, warum musste ich mich auf diese elendige Suche begeben? Warum hat mich keiner lieb, wo sind die, die mich lieben? Wieso bin ich nur so allein?

Stiche ins Herz mit einem flammenden Schwert.

So muss es sich anfühlen, im Kampf zu sterben.

Wenn es wie in meinen Träumen ist, wache ich jeden Moment auf. Erlöst. Mit kribbelndem Körper. Bestimmt.

Ich lausche der Stille in mir.
Jede Bewegung, jedes Wort zu viel.
Wo ist all der Lärm, bin ich versucht zu schreien,
Panik, will nach draußen gehen,
betäuben,
übertönen
die Stille – unmöglich.

Ich kämpfe mit mir, wehre mich, bis meine Kräfte aufgebraucht sind. Ich kann nicht mehr, ergebe mich der

Stille, gebe mich hin der Leere, wärme mich mit der Decke aus Dunkelheit.

Spüre, wie sich langsam Entspannung breitmacht. Endlich kein Kampf mehr, endlich Ruhe.

Ich atme tief ein.

Es ist wie mit der klingenden Glocke um den Hals des Kamels, die erst dann verstummt, wenn die Karawane ihr Ziel erreicht hat.

Auch in mir ist etwas verstummt, eine nie gekannte Ruhe breitet sich aus. Mein Kopf: keine Zweifel, keine schreienden Stimmen.

Meine Glocke.

Bist du das Ziel meiner Reise?

So fühlt sich das also an. Wie die Umarmung eines geliebten Menschen.

Er umarmt mich.

Sie umarmt mich.

Ich umarme mich.

Kein Unterschied mehr zwischen den anderen und mir, kein Sie und Wir, kein Eigenes und kein Fremdes. Ich löst sich auf, wir sind alle, wir sind ich.

Wie soll ich Schönheit beschreiben, wahre, pure Schönheit?

Überwältigung, Tränen steigen auf.

Kein Schmerz mehr, nur Wärme, alles überstrahlende, glänzende Wärme, keine Aufregung, keine Angst mehr, keine Masken und kein Ich.

Kein Müssen, Sollen, Können, Wollen – nichts.

Wie fühlt sich reines Nichts an?

Stille, absolute.

Nur mein Atem, und ginge er nicht automatisch, hätte ich ihn vergessen.

Einatmen, ausatmen.

In der Stille des weiten Raums ein leises, aber stetes Klopfen: mein Herz.

Keine Geschichten mehr, nur Sinne.

Kein Bedürfnis mehr.

Ich nehme wahr, erzähle nicht mehr.

Denn das, was zählt, lässt sich nicht ausdrücken, dafür braucht es keine Worte mehr.

Unsichtbare Schlösser

Lang' genug bin ich
durch die Luft geschwommen.

Unsichtbare Schlösser.

Dann fiel ich,
zerschellte,
meine Scherben
zerflossen
ins Nichts.

Lang' nicht mehr
ging ich so frei.

X

Es gibt keine Tage unter der Erde. Keine Sonne, die aufgeht, untergeht. Kein Mond, keine Sterne.

Wer weiß, wie lange ich schon hier unten bin. Eine Minute nur? Ein Jahr, ein Leben?

Die Zeit hat aufgehört, zu existieren, vielleicht gab es sie nie.

Gibt es dann mich? Bin ich bloßes Bewusstsein, bin ich lange tot und das hier ist die Nachwelt? Oder ein Dazwischen, das Wartezimmer, in dem wir jeden Moment aufgerufen werden.

Hej, Sie sind jetzt dran, dieses Mal schicken wir Sie als Bienchen zurück.

Bleibe ich für immer hier?

Stehenbleiben im Paradies ist unmöglich.

Das ist kein Leben, Leben bedeutet Auf und Ab, niemand kann fortwährend glücklich sein. Und wer dies gegen jede Wahrscheinlichkeit ist, weiß es nicht mehr zu schätzen, wird apathisch.

Der Mensch sucht sich stets ein nächstes Ziel, wir sind Nomaden, stehenzubleiben macht uns unruhig.

Was mache ich hier? Ich bin glücklich, warm, satt, unterhalten – aber allein.

Wem nützt das größte Glück, der schönste Ort, das beste Essen, wenn er es nicht teilen kann?

Was ist es dann noch wert?

Warum ist der Hinweg immer kürzer als der Rückweg? Oder war es andersherum? Ist das der Hinweg?

Meine Beine sind schwer, als wehrten sie sich gegen den Aufstieg, gegen die Vorstellung, wieder ein normales Leben zu führen, denn wie soll das gehen?

Verrostetes Werkzeug, zerfetzte Rucksäcke, angeknabberte Knochenreste. Hier sind meine Vorgängerinnen also verblieben.

Mich fröstelt.

Ich krieche durch lange, schmale Gänge auf allen Vieren, stolziere staunend durch riesige Hallen mit Kronleuchtern, Teppichen und Tischen, auf denen hunderte Menschen gerade Festmahl hielten. Teller und Becher stehen noch da, das Essen verschimmelt, die große Zeit der Ratten und Maden.

Ich überquere Brücken über unterirdische Flüsse, die aus dem Nichts hervorsprudeln und im Nichts verschwinden, im reißenden Wasser erkenne ich Konturen von Lebewesen, sie schreien – nach mir? - um Erlösung; da das Gesicht einer Frau, verzogen von Schmerz, dort ein Kind, ungläubig staunend, bis es mit dem nächsten Strudel untergeht; Hände, nach dem imaginären rettenden Ast greifend.

Fasziniert knie ich nieder und erst ein kalter Windstoß weckt mich: Unbemerkt näherte ich mich dem Wasser, bis ich kurz davor war, einzutauchen.

Beinahe hätte der Fluss auch aus mir einen seiner Geister gemacht.

Je weiter ich nach oben steige, desto wärmer wird es, und desto schöner werden die Höhlen, sie laden zum Verweilen ein: Komm setz dich, mach es dir gemütlich, das alles ist dein, wenn du willst.

Sie sehen aus, als würden sie regelmäßig geputzt und aufgeräumt, als würden uns nicht werweiß wieviele Tonnen Erde umgeben, als wären wir nicht mitten im Erdreich und unsere einzige Gesellschaft Krabbelvieh, Maulwürfe, Ratten, alles Leben, was dort oben keinen Platz hat.

Gehöre ich jetzt zu euch?

Ich habe hinterfragt, wollte mehr, habe mich nicht mit dem „Normal" der anderen zufrieden gegeben.

Muss ich nun dafür büßen?

Wie soll ich weiterleben nach allem, was ich dort unten sah?

Gehe ich im Unten verloren, weil ich zu viel nachdenke?

Bleibe ich lieber hier, allein in Dunkelheit und zweifelhafter Gesellschaft, aus Angst vor dem, was mich im Oben erwartet?

Aus Angst an einem Fleck zu verharren, ist gleichbedeutend mit dem Tod.

Nein, deshalb begann ich den Aufstieg ja, ich dachte nur nicht, dass es so schwer würde.

Es war leichter, den See zu finden, weil ich keine Erwartungen hatte, weil ich nicht wusste, wie mein Ziel aussah. Jetzt weiß ich, was auf mich wartet, und das macht es umso schwerer.

Wie fühlt sich Unendlichkeit an?

Das Ende der quälenden, zähfließenden, anstrengenden Ewigkeit ist nah, als ich die Kanalisation der Stadt erreiche.

Ich denke nicht mehr nach, will nur noch hinaus, an Sonne, Licht, Luft.

Menschen!

Mich unterhalten, nicht nur mit mir oder der Ratte, die mich begleitet, will Kunst, Liebe, Musik, Schmecken, alles, was uns zu Menschen macht.

Ich bin dreckig, stinkend, über und über mit Erde und Schweiß bedeckt.

Aber das macht nichts, nur eins ist wichtig: Hinaus, nach oben, jetzt.

Ich klettere aus der Stille, meiner geliebten, zurück ans Licht.

Hinaus aus der Höhle, Sonne im Gesicht.

Wie lang war ich dort unten? Ich weiß es nicht.

Als die ersten Sonnenstrahlen meine Nase kitzeln, meine Augen sind noch geschlossen wie bei einem Neugeborenen, bemerke ich es.

Etwas ist anders.

Ein Schauer durchfährt mich, Gänsehaut am ganzen Körper, pures Glück.

Ich bin zurück, Welt, und wie!

Ich strecke meine Arme aus, atme tief ein, bin die Sonne.

Dann öffne ich meine Augen.

Auf einem der verlassenen Grundstücke der Stadt krieche ich zurück an die Erdoberfläche, es muss Wochenende sein, niemand baut heute Häuser oder versiegelt Zugänge nach unten.

Es ist still, Vögel zwitschern, von einem der Gärten in der Nähe vernehme ich Kinderlachen. Etwas ist anders, ich spüre es sofort. Bin ich das?

Ich weiß nicht, in welchem Stadtteil ich mich befinde, es ist schön hier, alles so grün und bunt, die Luft rein und nach Blumen duftend.

In einem Park um die Ecke finde ich ein Bächlein, darin wasche ich mich notdürftig.

Die Menschen, die mir begegnen, nicken mir zu, sie lächeln mich freundlich an, zwei Frauen heißen mich zu warten und bringen mir saubere Kleidung.

Ich habe kein Geld, sage ich, wie kann ich es Ihnen vergelten?

Sie winken ab und geben mir ein belegtes Brot dazu.

Bin ich noch in derselben Stadt?

Je weiter ich in Richtung Stadtmitte laufe, desto mehr Menschen begegnen mir, sie alle lächeln, sind guter Laune.

Auffällig viele schlendern die Straßen entlang, als hätten sie kein Ziel, als würden sie einfach genießen, am Leben zu sein. Das muss das Wochenendgefühl sein, denke ich.

Viele Menschen fahren Fahrrad, es sind kaum Autos unterwegs, Blumen blühen am Straßenrand, Bäume begrüßen mich tanzend im grünsten Blätterkleid.

Ich habe keinen Ort, an den ich zurückkehren kann. Das Hostel gibt es nicht mehr.

Ich sitze am Boden vor dem Haus, ratlos, wohin mit mir.

Eine Frau eilt auf mich zu, fragt mich, ob ich schon eine Wohnung habe. Ich verneine, peinlich berührt. Das war nicht wichtig dort, wo ich herkomme.

Wie schnell das geht, in dem einen Moment hast du alles, im andern nichts mehr.

Die Frau lädt mich ein mitzukommen, ich bin müde, aber folge ihr.

Ich habe jetzt ein eigenes Zimmer in dieser Stadt. Niemand muss hier auf der Straße schlafen.

Wenn ich Hunger oder Durst habe, wende ich mich an eine der vielen Ausgabestellen, die kostenlos Essen und Getränke verteilen.

Niemand geht hier hungrig ins Bett.

Die Menschen sitzen auf der Straße vor ihren Läden, sie unterhalten sich frohen Mutes mit Passantinnen und Kunden, niemand hat es eilig.

Alles ist so bunt.

Alle sprechen mit allen.

Freundlich, mit einem Lächeln.

Kein Zeitdruck, kein Konsumzwang, keine Sorgen ums tägliche Überleben.

Überall haben neue Läden geöffnet, in denen Menschen ihrer Kunst nachgehen und sie darbieten.

Aus den großen Villen haben wir Gemeinschaftshäuser gemacht, in denen Menschen zusammen wohnen, spielen, kochen, sich umeinander kümmern, lachen.

Die großen Fabriken gehören jetzt der Stadt, sie produzieren nur so viel, wie wir wirklich benötigen, in langsamerem Tempo, Gewinne setzen wir für die Allgemeinheit ein.

Niemand darf mehr Geld haben als der Rest der Bevölkerung zusammen, als er selbst in seinem ganzen Leben ausgeben könnte.

Wer mehr arbeiten will, darf entsprechend mehr besitzen, doch niemand darf nichts haben.

Es ist generell nicht mehr möglich, zu viel Geld anzuhäufen, da Ausbeutung verboten ist – und sich auch niemand mehr ausbeuten lässt.

Wenn wir in jedem Fall eine Wohnung und genug zu essen und zu trinken haben, warum noch für einen Hungerlohn arbeiten?

Niemandem wird mehr erzählt, er müsse besser, schlanker, größer, schöner, *anders* sein, wir alle sind gut genug, niemand muss konsumieren, um *sein* zu dürfen.

Der Große Vergleich ist beendet.

Es gibt keine Werbung mehr, doch sie ist auch nicht mehr nötig.

Ein Kind großzuziehen, ist wieder Aufgabe der Gemeinschaft, und weil niemand mehr den ganzen Tag arbeitet, haben alle genug Zeit dafür.

Dadurch, dass alle auf alle aufpassen, Klein auf Groß und Groß auf Klein, Alt auf Jung und Jung auf Alt, wachsen alle mit mehr Liebe auf, niemand ist mehr einsam.

„Vielfalt" ist kein instrumentalisiertes Schlagwort mehr, „je bunter, desto besser" ist allgemeiner Konsens. Es spielt keine Rolle, wie du aussiehst, wen du liebst oder an was du glaubst – Hauptsache, du bist Mensch und verhältst dich so.

Weil alle genug von allem haben, gibt es keinen Grund mehr, andere zu beneiden oder zu hassen. Den Mitmenschen zu helfen, ist allgemein als befriedigender anerkannt, als ihnen schaden zu wollen oder sich selbst der Nächste zu sein.

Auf den Straßen fahren nur noch wenige Autos, die Luft ist sauber, die meisten bewegen sich mit dem Fahrrad oder kostenlosen, öffentlichen Verkehrsmitteln fort.

Frauen sind endlich als diejenigen anerkannt, die unsere Gesellschaft erhalten, sie bekommen endlich die Verehrung, die ihnen schon so lange zusteht.

Weil alle Bewohnerinnen und Bewohner der Stadt erkannt haben, dass es allen besser geht, wenn es allen besser geht, gibt es niemanden mehr, der das System ausnutzt.

Eine bessere Welt schien unmöglich, doch das war sie nicht.

Wir mussten nur erkennen, dass es uns nur dann gut geht, wenn es *allen* gut geht.

Wenn wir unseren Wohlstand nicht mehr auf dem Leid anderer aufbauen, deren Ausbeutung in den dunkelsten Ecken der Erde geschieht, unsichtbar für unsere müden Augen.

Wenn wir dafür sorgen, dass alle genug haben und keiner zu viel.

Wenn wir uns umeinander kümmern und nicht nur um uns selbst.

Wenn wir aufhören, uns mit der ganzen Welt zu vergleichen.

Wenn wir dafür sorgen, dass alle mehr *Liebe* erfahren, denn der Mangel an dieser führt zu Angst, Hass und Leid.

Dieses Rad mussten wir auseinandernehmen, damit uns der Wagen, den es trug, nicht noch weiter in Richtung Abgrund fuhr.

Vergangenheit.

Zukunft: ist *jetzt*.

Ende

Ich erzähle schon wieder Märchen.

Diese andere Stadt gibt es nicht. Noch nicht. Meine Erinnerungen verschwimmen mit meinen Träumen, Wünschen. Heute ist etwas anders, aber noch lange nicht zu Ende.

Ich bin jetzt eine von denen, die nichts mehr sagen, die sich nur noch in Bildern ausdrücken.

Ich wohne außerhalb der Stadt, glaube ich, dunkle Szenen eines Busses vor Augen und von Männern, die mich hineinzerren, andere, verzweifelte Augenpaare auf mich gerichtet.

Wir wohnen jetzt im Wald, glaube ich, ganz glücklich und auch nicht, weil wir wissen, dass da etwas schief läuft, weil wir *wissen*, und so viele nicht. Und weil wir nichts tun können, und wer weiß, aber nichts tun kann, flüchtet sich in Fantasiewelten und sein Gehirn vergisst aus Verzweiflung.

Da waren jedoch diese Bilder in mir, die hinausdrängten, also besorgte ich mir etwas zu schreiben.

Vielleicht ist die Welt schon so, wie ich sie mir nach der Entdeckung der Unterirdischen Seen erträumte. Aber wären wir dann noch hier?

Der Bär sitzt drüben in seiner Ecke unter der großen Weide, zieht an seiner Pfeife und blickt den ganzen Tag auf den See. Als ich neu in den Wald kam, sah er mich nur kurz traurig an und verkroch sich wieder in sich zurück.

Viele von uns haben schon aufgegeben, sie sitzen und warten auf ihre Erlösung. Auch ich habe solche Tage, an denen ich mir wünsche, nicht mehr aufstehen zu müssen, wozu das alles auch. An anderen Tagen denke ich rebellischer, alles in mir steht auf gegen die Ungerechtigkeit, gegen diese Stadt, gegen die Herrschenden.

Etwas haben sie mit meinem Gedächtnis gemacht, oder waren das die Unterirdischen Seen, denn ich erinnere mich an nichts. Gleich einem schwarzen Loch haben sie mir alle Informationen über meine Vergangenheit und meine Zukunft weggesaugt, und wenn ich sage, ich rege mich auf, dann ist das ein unbestimmtes Gefühl, eine Kraft in mir, die sich gegen diese Verlorenheit wehrt.

Wenn ich weder Gestern noch Morgen habe, worüber empören?

Ich bin ich im Wald, auf moosigem Boden, mit einer kleinen Hütte unter einem Tannenbaum, unweit des dunkelgrünen Sees. Ich fische mir einen Fisch, brate ihn über dem Feuer, teile ihn mit den anderen, denen es ähnlich geht wie mir.

Heute bei mir, morgen bei dir, übermorgen alle zusammen.

Wozu kämpfen, wenn alles sinnlos scheint? Wozu aufstehen, wozu arbeiten, wozu irgendetwas tun, wenn du weißt, du bist lediglich eine kleine Figur in der großen weiten Arena, und dort auf den Tribünen lachen sie dich aus oder wollen dich einfach nur sterben sehen? Wozu noch Mühe geben?

Ich habe nie herausgefunden, was mit F. passiert ist. Was sie mit F. gemacht haben.

Da sie nicht hier ist bei uns, kann ich nur vermuten, dass sie sie in eines ihrer großen Gefängnisse gesteckt haben, die sie draußen vor den Toren der Stadt unterhalten.

Dorthin stecken sie diejenigen, die ihnen nicht ins Bild passen, und die sich weigern, bei ihren Arenakämpfen mitzumachen.

Oder sie haben sie „angepasst", ich weiß nicht, was ich ihr weniger wünsche: ein Leben im Gefängnis oder ein Leben unter neuer Identität, mit ausgelöschten Erinnerungen an früher, einer Maschine gleich, die perfekte Einwohnerin ohne eigene Meinung und eigenen Willen.

Was sie dabei genau machen, um diesen Puppenzustand zu erreichen, kann ich nicht sagen, das wissen nur jene, die es durchführen und jene, an denen es durchgeführt wird, und diese schweigen danach für immer. Auch die Gefängnisse kann ich Ihnen nicht genauer beschreiben, von dort hören wir nur Gerüchte.

Und ich weiß nicht, was schlimmer ist: zu wissen, dass Gerüchte oft übertreiben, oder dass sie nur die halbe Wahrheit sind, weil die ganze es nicht durch die dicken Mauern schafft oder so unaussprechlich ist, dass Worte niemals ausreichen.

Worte. Wörter.

Man könnte alle Sprachen der Welt sprechen und nur ansatzweise die menschliche Erfahrung in all ihrer Brillanz und Grausamkeit beschreiben. Vielleicht ist es besser so. Manche Dinge sollten wir nicht aussprechen, und manche müssen frei bleiben, frei vom Gefängnis der Sprache.

Wir werden es wohl erst erfahren, wenn unser Heute Geschichte ist und man die Kinder über uns belehrt. Dann werden unsere Nachfahren hören, was wir uns gegenseitig angetan, was wir verpasst haben zu tun, und sie werden die Köpfe schütteln; sie werden sagen, zum Glück ist das nicht mehr so und das wird es auch nie wieder geben, während es in einer Ecke ihrer Stadt schon geschieht, unter anderem Namen, anderen Vorzeichen, aber heute ist heute und damals ist damals.

Was auch immer der Fall sein mag, ich hoffe inständig, F. geht es gut, wo auch immer sie jetzt ist.

Und falls Du das hier eines Tages lesen solltest, meine liebe, liebe F.: Ich bin Dir von Herzen dankbar für alles, was du für mich getan hast. Es waren Deine Hinweise, die mich hierher geführt haben, wo ich jetzt bin, und auch, wenn das nicht ideal aussehen mag – zu wissen ist *immer* besser als nicht zu wissen.

Ich habe diese Geschichte aufgeschrieben, damit ihr, die ihr das lest, euch verbündet, damit ihr etwas tut, damit ihr aufsteht und gegen die allumfassende Ungerechtigkeit kämpft. Befreit uns von unserer Last des Wissens, befreit uns von unserer Ohnmacht.

Ihr, die ihr das lest, verzeiht mir meine Schwächen, meine jahrelange Flucht, mein Nichtstun.

Macht es bitte besser als wir, für euch, für uns, für alle, wir sind eins. Wenn ihr Hilfe braucht, holt uns hier raus – in unserem Zustand des Nichts sind wir für alles bereit.

Es gibt nichts zu verlieren.

Das Ende?

Wenn ich das Ende erzählte, hießen Sie mich eine Hochstaplerin, Lügnerin, ja sogar Märchenerzählerin, daher überlasse ich es Ihrer Fantasie, wie meine Geschichte ausgeht.

Lassen Sie sie fliegen, haben Sie keine Furcht, denn so unfrei wir sein mögen, das Geschichtenerzählen kann uns niemand verbieten.

Aber seien Sie vorsichtig: Verwechseln Sie niemals eine gute Geschichte mit der Wahrheit, nur weil sie in Ihr Märchenbuch passt. Einfache Geschichten töten, mit ihnen lassen sich Menschen bewegen, je einfacher die Geschichte, desto höher die Gefahr.

Gute Geschichten sind niemals schwarz-weiß, sie sind bunt, komplex, schwer zu durchschauen. Gute Geschichten haben kein Ende, und wenn doch, ist es anders als erwartet, gedacht, gehofft. Gute Geschichten überraschen.

Das ist das Dilemma: Wie kann ich Ihnen meine Geschichte *gut* erzählen, wenn sie kein Ende hat, zumindest noch nicht? Wenn ich Zusammenhänge bloß erfinden kann, denn in Wirklichkeit gab es sie nicht – oder ich werde sie nie verstehen? Wenn ich das, worum es eigentlich geht, nicht erzählen kann, weil es dafür keine Worte gibt?

Ist nicht alles dann reine Fantasie, eine Geschichte wie jede andere, warum sie also erzählen?

Das ist mein Dilemma, und doch wage ich es, denn sie ist es wert. Verzeihen Sie mir also einige Lücken, verzeihen Sie mir die überraschenden Wendungen und offensichtlichen Ergänzungen, allein das macht schließlich eine gute Geschichte aus: Nie zu wissen, was wirklich ist und was nicht.

Vielleicht sollten Sie sich das auch nicht fragen, denn ich weiß es ja selbst nicht. Und können wir es je?

Epilog

Das Wasser des Sees öffnete sich für einen kurzen Moment, nur um im nächsten seine Pforten zu schließen, als wäre nie etwas vorgefallen, als wäre nicht soeben ein Mensch darin verschwunden, lebendig zuvor, und jetzt – wer wusste das schon.

Nur er, der See, atmete noch eine Weile vor sich hin, bevor auch er sich schlafen legte, keine Welle mehr vom einen zum anderen Ufer. Das Echo der letzten verhallte in den Weiten der Gänge, im äußersten Winkel des Gewölbes mehrere Meter über der Wasseroberfläche.

Dort legte auch dieses Flüstern sich zu Bette, es verkroch sich in seine Höhle, wo es ruhte, bis der nächste Sturm aufkam, bis der nächste ungebetene Gast die heilige Stille dieses Ortes zerbrach.

Zur Autorin

Dr. phil. Lena F. Schraml alias Lenka Kerler studierte in Regensburg, Łódź, Halle und Kraków polnische Geschichte, Kultur, Literatur und Sprache. Sie promovierte mit einer Arbeit zur Bedeutung fiktionaler Literatur für Erinnerungskulturen am Beispiel polnischer und persischer Texte. Schraml ist Autorin des etwas anderen Reiseführers „111 Orte in Krakau, die man gesehen haben muss". Philosophisch-poetische Texte sowie Kommentare zum Zeitgeschehen veröffentlicht sie auf ihrer Homepage.

Kurz nach der Publikation ihrer Doktorarbeit im März 2022 erkrankte Schraml an Long Covid bzw. ME/CFS. Die Fertigstellung der „Unterirdischen Seen", die ihr seit ihrem Auslandsstudium in Łódź 2014 auf dem Herzen lagen, stellt daher einen ganz besonderen persönlichen Erfolg dar.